メディアワークス文庫

軍神の花嫁2

水芙蓉

目　次

サクラ

「破魔の剣」の鞘に選ばれた
オードル家の次女。
軍神カイの妃になる。

カイ

キリングシークの第二皇子。
数々の戦を制し
「漆黒の軍神」と呼ばれる。

タキ（兄）／シキ（弟）

カイに仕える双子の家臣。
文人で愛妻家のタキに対し、
シキは武人で独身。

アオイ

「オードルの天使」と呼ばれて
いるサクラの妹。

キキョウ

女神のように美しく気高い
サクラの姉。

ホタル

サクラの使用人であり親友。
遠耳の持ち主。

アシュ

リスのように小さな魔獣。

タオ

巨大な狼のような魔獣。

寵妃の紡ぐ白銀の夢

プロローグ

その獣は深い眠りについていた。

そよと風が吹くこともない草原の、落ちることのない葉が生い茂る大樹の根元。

いつかは大地を踏みしめていたであろう四肢は、力なく投げ出され。

風に靡(なび)けばさぞかし美しく煌(きら)めくであろう金のたてがみは、今はただ、獣の面を覆い隠すのみ。

まるで絵画のように、その光景は動かない。

もうずっと、ずっと長い間。

獣はそうして眠り続けていた。

やがて、たてがみがほんの少し動く。

もっとも、そこに在る何もかもが、そのことに変化を促されることはない。

白銀の毛並みに覆われた獣自身さえも、横たわるその姿を変えはしないようだった。

ただ、獣の面の周りから首、肩へと続く金のたてがみだけが、フワフワとそよいで、この空間の時が止まってはいなかったことを誰にでもなく伝える。

どれほどの時間、金の揺らぎは続いたのか。

時を時として語る者がないそこでは、それが長いのか短いのかも分からない。

ふと、たてがみが動きを止める。

ひと時、かつてのまやかしの絵画がそこに戻る。

これも、また、どれほどの時が経ったのか分からない中。

再び、たてがみが動く。

ユラユラと——フワフワと——そして、ヒョコリ、とそれは現れた。

たてがみの合間から、白銀の小さな獣が顔を出す。

何かに警戒しているのか。

たてがみから顔だけを出して、左右上下に視線を巡らせる。

しばしの間。

何かを決めたように。

勢いよく、それはたてがみから飛び出した。

だが、歩くことに慣れていないのか。

いや、立つことさえままならない、生まれたばかりの存在のように。

飛び出す勢いに反して覚束ない動きのそれは、コロコロと白銀の山を転げ落ち、動かない草原の緑達は、それでも小さき獣を優しく受け止めた。

時をおかず、すっくと立ち上がった獣は思いのほか、しっかりと足を踏みしめて草原に立つ。

やはり風は吹かない。

大樹は一枚の葉を落とすこともない。

白銀の身は言うに及ばず、金色のたてがみも今は静かに。

小さな獣がただ一頭、目を、耳を、鼻を動かして。

ほどなく、見送る者のない中、小さきモノは四肢で大地を蹴り、白銀の毛をたなびかせて走り出した。

静寂。

その獣は眠り続ける。

小さな獣の旅立ちと、遠く離れた地に息づく黒き同胞の暴走を知らぬまま。

1

男は一人、森の中を走り続ける。

己の脚に絡みつき、背中へと飛び掛かり、目前で牙を剝く、無数にも思える魔獣を斬り捨てながら。

いったい、何が起きているのか。

狩人である男の今回の獲物は、近隣の村に出没しては、農地を荒らすという魔獣の小さな群れのはずだった。

村民の目撃証言から、少し大きめの猫程度の四つ足の魔獣。十数匹で群れを成して夜更けに畑にやってくる。鋭い爪で作物を掘り出して、大きな歯で食い散らかしていくという。

狩人としての腕は中の上といったところである男にしてみても、さほど手こずる相手ではないと、月のない夜に単身、畑で待ち構えた。

現れた十数匹を駆除すれば、それで終わり。村は数年は畑を守れたろう。

なのに。

「ちっ」

数えきれない魔獣の血を纏った剣の切れ味の悪さに舌打ちを一つ。

それでも、飛び掛かってくる数匹を、叩き落として始末する。

そして、また、すぐにも現れる次の影。

キリがない。

いったい、何がこの魔獣達を駆り立てるのか。

いや、そもそも何故こんなことになったのか。

畑に現れた群れは、いつにない動きを見せた。畑を荒らすもの、そして、それを少し離れたところから見ているもの。

男はまず、畑を荒らしている数匹を討ち取ったのだ。

そして、離れたところにいた連中を追いかけて。

気がつけば、森の中にいた。

認めたくはないが、己はこの森へと誘い込まれたのだろうか。

森へと踏み入れば、そこからは次から次へと湧くがごとくに小型の魔獣が襲い掛かってきた。

そこで事の異常さに気がついて、退くべきだったのかもしれない。

この小型の魔獣の多くは警戒心が強く、どちらかと言えば臆病だ。

一頭の仲間の死骸が転がれば、逃げていくものだと男は認識している。

なのに、森の闇に息づく魔獣達は、転がる死骸を踏みつけて、男に向かってくる。

振り払っても、切り落としても。

まさに、際限なく。

もう既に、一つや二つの集団を滅するに十分な数を屠ったはず。

男の頭を過ったのは、昨年の夏に起きた事件だ。

アルクリシュの別荘地で起きた魔獣の暴徒化。

本来、大型の魔獣は縄張り意識が高く、単独で行動する。

一方、小型の魔獣は数匹から十数匹程度の群れを成すことが多いが、これも縄張りには強く執着し、他の群れとは対立して相容れない。

それが一匹の巨大な魔獣が、無数にも思える小型の魔獣を引き連れて、人を襲ったという。

話を聞いた時、男はそんなこともあるのか、と思っただけだった。

話の出所が出所なだけに、事実を疑うことはなかったが、それはそうそう起こり得ないことだと高を括っていた。

いよいよと刃の体さえなさなくなってきた剣で、目の前から飛び掛かってきた獣を突く。

深々と刺さった死骸を払おうと剣を振り上げれば、血で滑る柄が男の手の平から抜け落ちそうになり、体勢が僅かに揺らいだ。

「……っく……」

不安定になった隙を逃すことなく、一匹の獣が、男の腕に歯を立てる。

柄を摑み損ねた剣が地面に落ちて、無機質な音を響かせた。

まるでそれこそが合図だったとばかりに、一気に攻めてくる魔獣を懐にあった短剣と拳で凌ぎながら、剣を拾おうと手を伸ばした男の目の前。

それはのそり、と現れた。

黒い獣。

狩人を生業として生きる男でも、めったに目にすることのない大物だ。

暁闇の中にあって、なお影のような巨体が揺らぐ中、唯一、彩を変える紅い瞳が男を見下ろしている。

荒々しい呼吸で、男との間合いをはかるように。

ここまでか。

農村出身のしがない少年兵の身ながら、戦を生き抜いた。

終戦後も故郷に戻らず、軍神の狩人として魔獣を狩る生き方を選んだのは、戦で出会った男達に教えられた剣技がそれで食べていけるほどであると自負していたからだ。

その選択を間違ったと思ったことはない。

こうして、野垂れ死ぬことも想定の範囲内だ。

そうであっても、故郷に残した両親や兄弟を思うくらいの未練はある。

親しい友人との再会の約束も。

愛する恋人と見た未来の夢を。

全てに別れを——と、覚悟を決めた瞬間。

あれほど、絶え間なく耳障りな声を上げていた獣達がピタリと静まる。

シンと静まる闇夜の森の中。

男の息遣いと、魔獣の息吹。

何が起きる？

それは男にとって吉か凶か。

魔獣のはるか高き頭上、男の視界の隅に一筋の光が走る。

男の目前にあった黒い巨体が身を翻し、光に向かって咆哮を上げた。

魔獣の気が己から逸れたその隙を逃さず、先ほど掴み損ねた剣を手にして、なんとか身構えたその瞬間。

月のない夜空に、新月よりなお細く、しかし、眩いばかりの閃光。

その光が何ものなのかを男は知っている。

思い描くその姿を、闇に浮かぶ現実に見つけた。

「カイ様！」

己が仕える主の名を呼ぶ。

男の叫び声は、既に標的を光へと変えた魔獣の耳には届かないように。

二度三度と咆哮を上げる獣の全容が、細い光を受けて見上げるその先に現れる。

光を受けても、なお黒い魔獣と。

光を放つ剣を振り上げる漆黒の軍神と。

交わるのは一瞬。

その戦いざまを知るからこそ、男はまっすぐにそれを見つめた。

破魔の名を戴く剣が、魔獣の身へと埋め込まれて、光を失う。

だが、それは絶望ではない。

ぐらりと、揺らいで崩れる巨体の向こう。

剣の使い手が、希望を引き連れて悠然と立っているのもまた、男の知るところなのだ。

先ほどまで、生死の境目で剣を振るっていたのが嘘のように、静かな森。

だが、血に塗れて滑る剣と、足元に転がる無数にも思える小さな魔獣の死骸。

それらが葬送の供物だというように、深々と剣の刺さる巨体が一つ。

これが現世だ。

「生きているな」

抑揚のない、ただ静かな、だからこそ救われた命に染み入るその声に。

「はい。生きてます」

答えて、なお、それを実感した。

だが、その安心感も、ガサガサと森の茂みをかき分ける音で霧散する。

とっさに、己の主君の前に立って剣を構えた男に反し、カイは魔獣に刺さった剣を抜く素振りさえも見せなかった。

その理由はすぐに知れて、男もまた剣を下ろした。

「イト」

闇の中から出てきたのは、男と同じく狩人であるイトだった。

もっとも、このイトと己を同じに括るのは、どれほど男が厚かましい神経をしていても気が引けるだろうし、厚かましくない身ではなおさらだ。

そして、その後ろからは麗しい騎士様が現れる。

「……まさか貴方方がいらっしゃるとは……俺には荷が勝ちすぎる訳ですね」

それは僻みでも妬みでもない、男の素直な言葉だった。

破魔の剣の使い手たる漆黒の軍神、カイ・ラジル・リューネス。

その側近にして、剣士としても名高いシキ・スタートン。

軍神が擁する狩人の中でも、頭一つ、いや他の追従を許さない圧倒的な力を持つイト。この三人を揃えて迎え撃つ獲物ならば、一狩人が太刀打ちできる状況ではなかったのだと自らを慰めた。

「獲物です」

男の言葉には何も返さず、短い言葉で報告するイトの声もまた、いくばくの高揚感もない。

手に持っていたものを放って、倒れる魔獣の横に並べる動作も無感情で単調だ。

しかし、イトの手から放たれた黒光りするそれは——角だろうか、牙だろうか——いずれにしても、先ほど男が対峙し、カイの刃に倒れて今そこに横たわる巨体に、負けず劣らず本体は大きいであろうと、想像するにたやすい存在感を放っていた。

「ここからさほど離れていないところにいました」

二人に比べればよほど明るく、だからこそこの場に相応しいとも思えない口調で報告するシキ。

男はその場に座り込んで大きく息を吐いた。

三人が現れたことで、張っていた気が緩み、肩の力が抜ける。

急激に疲れが体を侵食し、魔獣に噛まれた腕が今更ながらにズキズキと痛んだ。

「ここと同じです。小さな魔獣をけしかけてきました」

同じ状況だったと言うイトとシキは、しかしながら、満身創痍の男に比べて、これから旅立つ者のように、僅かな疲弊もない。

これは腕の差もあるだろう。

だが、その事実よりも、男を苛むのは己の慢心だった。

男はカイの倒した魔獣を、イトの放り投げた牙を、眺めながら。

「今回の狩りはこの森にほど近いところにある農村からの依頼でした。森に近い村ですから……もともと、夜中に畑を荒らす獣はいたのだと」

懺悔にも似た思いを抱きながら、己がここを訪れる際に聞いた話を三人に報告する。

せめて落ち着いた声で話せるように、と一度深く呼吸した。

「それが、家畜を襲うようになったそうです。しかも、そこで食い散らかしていくのではなく、引きずり運んだ形跡があったと……小さな獣一頭や二頭では運べないような牛や馬を、です」

　そこに立つそれぞれが特段の感情をその表情に浮かべることはなく、そして、返る言葉のない中続ける。

「群れることのない連中だったはずです……ましてや、小さな魔獣と共存して使役するなんて」

　男は、それを信じなかった。

　たまたま、何かの偶然が重なっただけだ。

　農地を荒らす小さな魔獣。家畜を襲ったのはもう少し大きな魔獣で。

　獲物を運んだなんていうのは、村民の勘違い。きっと、家畜は魔獣に驚いて逃げたのだ。

「この考えは改めなければいけないですね」

　今回は、軍神に助けられた。

　これは幸運だったのだ。

　次に同じ過ちを犯せば、己はこの魔獣に交じって骸となり果てる。

「……狩人が全員、お前のような柔軟な頭なら良いんだけどね」

　シキがそんな風に呟いて、男の頭をくしゃくしゃとかき回す。

まるで兵役についたばかりの頃のような。

剣の筋が良いと褒められた時のような。

その仕草に顔を赤らめながら、手の平を振り払った。

「やめて下さいよ！　俺、二十歳を超えてるんですから……じゃなくて……あれを見たら誰でもそう考えますよ！」

話をしている間に、朝の気配が暁闇を凌ぎつつあった。

二つの大きな魔獣の存在が、光の中に明らかになっていく。

こうして闇の重圧が消えゆく中で改めて見ても、その大きさに、そして、それが二つの魔獣だという事実に。

何かが変わり始めているのだろうと、気がつかざるを得ない。

「……何が起きているんでしょうか」

思わず口をついた言葉に、誰より魔獣と対峙することが多いであろう三人は答えない。

だから答えはないのだろう。

今、この目で見たこと。

それだけが、確かなことだ。

狩人の剣に慄（おのの）くことなく牙を剝く小さな獣の群れ。死への本能的な怯（おび）えを忘れたかのように暴走する輩（やから）。

そして、小さな魔獣を従え、操るかのように。

息を潜めて狩人を森の奥に誘い、待ち構えていた大きな魔獣。

もしかしたら。

イトが倒したもう一頭さえもが、この森に張り巡らされた狩人への罠だったのかもしれない。

「変わってきている、のだろうね」

シキのそれが男への答えになり得るか。

「……そうだな」

そして、それを認めるイトの言葉は、誰にとっても救いではなかった。

だが、もう誰も何も言わない。

ほどなくして、うっそうと生い茂る森の中に、キラキラと光が存在を誇示し始める。

カイは獣から無造作に剣を抜いた。

魔獣の血を滴らせても、僅かにも曇りを見せない刃は、カイが風を切る音を立てて一つ払えば、一瞬で紅を弾いて退けた。

風を起こすこともなく。

ひと際、強い光を放つでもなく。

そこに佇む軍神の手元から、剣が消えてなくなる。

「……剣は一足お先に帰還ですね」

シキの言葉で、破魔の剣が鞘に戻ったのだ、と男は気がついた。

話には聞いていたが、目にするのは初めてだ。

戦で共に在った軍神は、常に刃を晒した破魔の剣を携えていたから。

男が不思議な気分で見つめる先で、剣を持たない軍神は、何かを考えるように森の奥を、その向こうを見つめている。

それに気がついたのだろうシキが言う。

「イルドナスへはこの森を抜けるのが近道ですが、天使殿はこの森は抜けませんよ……少々遠回りでも、安全優先で街道を行くはずです」

シキの言葉の意味は男には分からないが、であれば、これは男には関係のない話なのであろうと、もう一人の男を見れば、隻眼の彼もまた興味なさげに自らが行く方角を探っているかのようだった。

「帰るぞ」

歩き出す軍神のその手には、やはり剣はない。

しかし、剣を持たぬその姿は僅かな揺るぎもない。

狩人達が自らを賭すに相応しい漆黒の軍神の姿があった。

2

破魔の剣がサクラの元に戻ったのは、朝になる少し前。

早天に吹き荒れた一陣の風が、朝の訪れと共に目覚めかけていたサクラにそれを告げていく。

三つ編みに編み込んだ髪がブワリと舞い上がり、サクラの体を包み込んでいた柔らかな布地が弾かれて華奢(きゃしゃ)な身を晒した。

「…………おかえりなさい」

少しばかり乱暴な目覚ましでびっくりはしたものの、これがカイが無事であることの証(あかし)だと思えば、一片たりとも不快さはなく、ただただ安堵(あんど)と喜びに満たされる。

「お疲れさまでした」

自らの胸に手を当て、内にいるはずの剣へとそう呟いて、サクラ自身は身を起こした。

剣が戻ったとは言え、カイが戻ってくるのがいつかは知れない。

もしかすると、カイが戻る前に剣の方が再び呼ばれるかもしれない。

サクラの夫は、そういう場所に生きている人だから。

「どうか……ゆっくりおやすみ下さい」

剣への労いの言葉は、同時にサクラの願いだ。

もう一度眠りにつくには、頭がすっかりと冴えてしまって難しそうだった。

日が完全に昇れば暖かさを感じられる季節を迎えてはいるものの、まだようやく白んだ空からは冷え冷えとした空気が降るばかり。

サクラは一人で眠るには広すぎるベッドから降りた。

剣帰還の報せで足元に落とされていたガウンを拾い上げて羽織り、窓辺に近づけばなおさらに冷気は増したが、それでも、少しだけカーテンをめくって覗いた向こう側には、明けていく空が見えた。

今日は、きっと良い天気だ。

竜に騎乗して出立したカイを思えば、それはサクラをほっとさせてくれた。

「……サクラ様、お目覚めですか？」

さほどの時間をおくこともなくトントントンと控えめなノックが鳴る。

サクラが起きていることを承知しているだろう侍女のホタルの問いかけは、剣が戻ってきたことも察した上での、優しい気づかいだろう。

サクラが剣を受け入れて、カイの無事の帰還を願う時間を邪魔しないように、と。

「起きてるわ」

ホタルの思いを受け取って、そして感謝を込めながらも、気負う素振りもなく答えれば、いつもよりよほど早い時間なのに、きちんとお仕着せを身につけて、サクラの朝支度の準備を整えたホタルが入ってくる。

「おはようございます」

きれいな礼を添えて朝の挨拶をするホタルに「おはよう」と返した。

「あ、やっぱり剣が戻ってきたんですね。サクラ様の髪、くしゃくしゃにするのやめて欲しいです、真剣に！」

サクラが思っている以上にひどい有様(ありさま)なのだろう。

ホタルがぷくっと頬を膨らませるのに笑いながら。

「ホタルの腕の見せ所でしょ。よろしくね」

カイを送り出す時は、何よりも寂しいし不安ばかりが募る。剣が呼ばれれば、今度は身を案じて心配を重ねていく。

だけど、剣が戻ってから、カイが帰ってくるのを待つこの時間は、不安と心配はいくらか影を潜め、代わりのように寂しさが大きくなるのだ。

早く早くと気持ちばかりが急(せ)いて、待ち遠しいからこそとても長い。

今回はどれほど、この時を過ごすのだろう。

「お任せ下さい。カイ様がいつ戻られても良いように、きれいにしますよ！」

ホタルが意気込んで――とは言え、何か行事がある訳でもない日に華美な髪型をする訳もないのだが――いつものとおりに丁寧に梳かしていく。

この屋敷で初めての目覚めを迎えたその日から、ずっと続いているカイの命令のとおり。

いつでもカイが触れられるように。

一般的な女性のようにまとめ上げることはなく、しかし、執務に影響が少ないようにと横の髪を後ろに上げて結ってもらう。

ホタルの素晴らしい技術と努力とで、毛先まで艶やかに流れる髪は、午後になっても夕刻になっても色褪せることはなかったが、しかし、残念ながらカイが指先に絡めるどころか、その目に触れることさえなく、夜になり湯浴みに濡れ、三つ編みへと姿を変えてしまった。

寝支度を整えてくれたホタルが「おやすみなさいませ」と本日終わりの挨拶をしてくれる。

気落ちした声にならないように気をつけながら「うん。おやすみなさい」と答えたけれど、残念ながらうまくはできなかったようで、鏡越しに見えたホタルの表情はこちらを気遣うものだった。

だが、結局、サクラもホタルもそれ以上は何か言葉を交わすことはない。

「では、サクラ様、失礼いたします」

一礼して部屋を去るホタルを見送って、ベッドに横たわる。

ホタルにお願いすれば、カイが今どんな状況下に置かれているのかを聞いてくれたかもしれないけれど。

ホタルもサクラがそう願うことを待っていてくれたのかもしれないけれど。

もし、カイが破魔の剣を必要としないまでも魔獣と対峙していたとしたら、そんな恐ろしい音をホタルに聞かせたくはなかった。

「……寝ましょう」

このベッドはやはり一人では広い。

だから、隅の方で丸くなる。

今回のカイの行先をサクラは聞いていない。

キリングシークの皇弟としての公務であれば、もちろん行先も予定も決められていて、それは当然のようにサクラにも知らされる。

場合によってはサクラが同伴することもある。

魔獣狩りにおいても、同盟国間などにおける正式な要請であれば軍を率いることもあるし、それほどに大規模であれば討伐を終えた折には凱旋、皆の知るところとなる。

だが、そうではない魔獣狩りがあるのだ。

それは、サクラがカイの傍らに添うようになって知ったこと。

密かに。

民に知られることなく。

漆黒の軍神が秘密裡に狩りを行う。

行く先は聞かない。

いつ戻るのかも、知らない。

様々な思惑や理由があってのその行動は、サクラが知るべきことではないと思っているし、知ったところで止める権利などないことも承知している。

ならば、サクラはただ、カイの身を案じるのだ。

無事を祈って願って。

戻ってきたカイを笑顔で迎え入れたい。

だからこそ、眠らなくちゃ、眠れないかも、眠れますように、と、サクラは瞼を閉じた。

目が覚めた。

きっかけは分からない。

その人は、とても気配を消すのが上手だし。この時間であれば、サクラが寝ていることは分かっているだろうから、常以上に静かに部屋に入ってきたはずだ。

それでも、サクラは目覚めたし、目覚めた自分を褒めてあげたい。

「……起こしてしまったな」

あまり感情を見せない夫の声はやはり冷たく聞こえるほどで、でも、その中に含まれる罪悪感をサクラは聞き逃さない。

カイ様、と呼ぼうとして、声が出なかった。

起きていると思っているのは意識だけで、体はまだ目覚めていないのかもしれない。

カイはサクラの元に戻る前に湯を浴びてきたのだろう。

黒髪はしっとりと濡れていて、身なりも寛(くつろ)いだものになっている。

それでも、寝台に横たわるでもなく、脇に立ったまま見下ろしてくる光と闇を湛(たた)える瞳は、ゆらゆらと戦意を燻(くゆ)らせているように見えた。

漆黒の軍神はいまだ眠らずにここに在るのだ。

早く、早く。

サクラの気が逸(はや)る。

「……カイ様」

ようやく声が出る。

「おかえりなさいませ」

少し掠れてしまったけれど、それはカイに届いたようだ。

ピンと張りつめていたものが緩むように。

カイは寝台に腰掛けた。

「……剣はもうお休みですよ」

声が出るようになったら。

次は、ほら、動いて。

サクラは、少しばかり重く感じる両腕を持ち上げてカイに向かって広げた。

「カイ様も」

カイの身が揺れて、サクラに重なる。

濡れた髪が頬に触れる、その冷たさ。

両腕の中に、温かく大きな体。

どちらも愛しく、サクラは体が浮くほどに、抱き寄せて抱きしめた。

「……おかえりなさいませ」

もう一度。

どれほどに抱きしめても、残念ながら、サクラの華奢な身ではその体を包み込むことは叶わない。

だが、剣を持たないカイの両腕が、サクラの想いを受け止めて。

「ああ……今戻った。サクラ」

少しだけ身を離して見つめる先には、穏やかなばかりの金と黒。

再び近づき、瞼の向こうに消えるオッドアイの代わりに触れるのは唇。

こうして触れていくうちに、カイの「漆黒の軍神」という貌が消えていく。

一人の男の人に戻る。

この瞬間のために私はここにいる。


翌早朝、カイは兄帝へ報告をしなくてはいけないからと、城へと出かけていった。

何よりも優先して、サクラの元に帰ってきてくれたことは嬉しいが、朝早くに、タキに起こされて城へ出向く姿を見ると、無理して戻ってきてくれたことが――なおさらに嬉しいから困ったものだと思う。

サクラの方といえば、カイを見送るつもりだったのだが、関係者一同にもう少し寝ていて良いと、半強制的にベッドへと戻された。

昨晩、カイの熱に浮かされた身としては、恥ずかしながらもありがたく甘えてしまって、再び目覚めたのは、もう随分と日が高い時刻だった。

幸いなことに、執務の多くはカイの不在時に集中して完了済みである。

急ぎの案件が残り一件。これを片付ければ、サクラの本日のお仕事は全て終わりなのだが、これが少しばかり頭が痛い問題なのだ。

もう、何度も目を通した書類だが、決済ができずにいる。

うーん……と何度目かの唸り声を上げた時、小さなノックが聞こえた。

答える前に開いた扉から、カイが入ってくる。

「カイ様！」

なんてこと、カイの帰還に気がつかないとは。

「おかえりなさいませ」

慌てて、書類を机に置いて立ち上がり、扉近くに立つカイの元に駆け寄る。

「お迎えできずにごめんなさい」

着替えを手伝えなかった正装の胸元を緩めつつ、カイの彩りの異なる瞳がサクラを見下ろした。

自身を寛げた手がサクラに向かう。

髪に触れる？

だが、予想は外れて、カイの指先が辿り着いたのはサクラの眉間。

「皺が寄っているぞ」

カイに言われて、どうやら自分が難しい顔をして書類を見つめていたのだと気がつく。

「……えーと……これはちょっと」

カイの指が触れたそこに自らも触れて、そういうものでもないとは思いつつも擦って伸ばしながら、見上げた先にあるカイに大丈夫だと微笑んだのだが。

「……体が辛いのか？」

声音は静かに。

いつものとおり、低く響くそこには何の感情も見えなくて、だが、言われた方のサクラはカイの言葉の意味するところに気がついて、一瞬にして頬に熱がこもる。

朝、皆に気遣われた時も恥ずかしかったが、カイにこんな風に聞かれるなんて。

「ちがっ……あ……」

慌てて否定しようとするのを遮るように、フワリと体が浮く。

サクラを抱き上げたカイは、そのまま歩き出して、与えられている執務室を出てしまう。

「カイ様、本当に体は大丈夫なんです」

ベッドから出たのはお昼近く、それからまださほどの時間も経っていないのに、また寝台へと戻されてしまうのだろうか。

それはちょっと嫌だな。

問題の案件も片付いていないし。

だが、カイが向かったのは寝室ではなく屋敷の外だった。

「ロウがそろそろ庭でのお茶も良いのではないかと言っていた」

その言葉どおり。

サクラが屋敷に住まうようになってからは、庭師の気合のもと、なおさらに華やかさを増したという庭には、迎えた春に相応しく、色とりどりの花が咲き誇っていた。

既にテーブルと椅子が設えてあり、ホタルがお茶の準備をしている。

が。

「サクラ様！　お体の具合が⁉」

カイに抱かれているサクラを見た途端に、顔色を変えて駆け寄ってきた。

「悪くないわ！　本当に悪くないから」

いよいよ寝台に戻されては堪らないと必死に言い募りながら、降りようと身を捩るもカイの力に負けてそのまま椅子まで連れて行かれて、座らされてしまった。

ああ、そういうことですか……と言いたげなホタルの視線は気にしたら負けだと思ったが、少しの仕返しとばかりにカイの肩をぽかぽか叩いておいた。

ほんの少し前までは、外でのティータイムも寒さが勝って気が乗らなかったが、なるほど、今日の日差しなら心地よい時を過ごせるだろう。

目の前の課題に夢中で、うっかり、この素敵な景色を見逃すところだった。

とは言え、やはり、先ほどの書類の内容が頭をグルグルしているのだが。

どうやら、それは顔に出ていたらしい。

「タキからお前の仕事ぶりは何ら問題はないと聞いている」

カイの言葉は素直に嬉しい。

厳しいタキが、カイにはそんな風に言ってくれているということに、仕事がうまく進まずに溜まっていた澱がさらさらと流れて消えていくのを感じる。

しかしながら、だからこそ、今、止まってしまっていることが、出口が見えないことが辛くて、零れそうになるため息をそれでも抑えた。

「それで、お前は何に悩んでいる？」

カイに弱音を吐くのは、なんとも情けないが。

急かすでもなければ、探るでもなく。

心配げでもなければ、嘲笑するでもなく、ただ、泰然とサクラの言葉を待つカイに負けて、つい零してしまった。

「新しい侍女候補が決まらなくて……」

「ああ……カノンの後か」

カイはすぐに何の話かを察した。

カノンは、古参の侍女だ。

サクラがここに連れてこられて以来、マアサと共にサクラが馴染めるようにと心を砕いてくれた優しい女性。

彼女は二児の母でもあるのだが、このたび三人目の懐妊が明らかになったのだ。

「そうです。もうタキ様が書類をご覧になって候補は絞っているんですって。その中から私が選んで、マアサとタキ様が最終面接して……って進めたいっておっしゃるの」

「なるほどな」

カイが頷く。

ラジル邸における人事権は、基本的には執事であるロウにある。

だが、侍女については、女主人の意向が反映されるべきというのが、執事の考えらしく、サクラの元に候補者五名ほどの書類が届いて早数日。

「はい。早く決めてカノンを楽にしてあげないと」

なにせ、上の子二人とはかなり年が離れて生まれてくる子なのだ。

それは当然ながら、カノンも年を重ねているということ。

サクラには見せないようにしているのであろうが、時折、隠しきれずに蒼い顔をしていたり、辛そうにしていることも知っている。

だから、早く新しい侍女を、と思っているのだが。

正直なところ、経歴書の内容はどれも似通っていて、どう判断すべきなのか分からないのだ。

タキやマアサは、サクラが良いと思う人を――としか言わない。

私が良いと思う人、とは？

「カノンは三人目だったか？」

カイの問いかけにサクラは頷いた。

「はい」

上が男の子、下の子が女の子だ。

「何度かこのお屋敷にも遊びに来たことがあるでしょう？　上の男の子はとてものんびりと穏やかな子なの……確か妹さんは三歳年下だったかしら。おしゃまさんですごく可愛らしいの。本当にとても仲良くて見ていて微笑ましくて……きっと生まれてくる赤ちゃんにとっても、良いお兄様、お姉様になると思うわ」

私もいつか。

二人を見ながらそんな風に思ったのだ。

私もいつか、カイ様とのお子を授かることができるだろうか、と。

カイ様に似て欲しいな。

私に似たらちょっと地味な子になりそうだけど、カイ様に似たら、男の子でも女の子でも、きっとすごくきれいな子になるだろう。

一人、二人？

そんな風に想像は膨らんで。

サクラは三人姉妹だから、女の子の遊び方はよく知っている。

いろいろと一緒に楽しめるはず。

男の子との触れ合い方は今一つ分からないけれど。

マアサのところは男ばかり五人兄弟だというから、彼女が側(そば)にいてくれればきっと大丈夫。

「……あ……」

ふと思い出したのは、一人の少女の経歴書だ。

華やかな経歴が書かれた書面が多い中、どちらかと言えば控えめな内容だった。

お父様は男爵。魔獣研究の第一人者だということだが、サクラには馴染みのない家名だった。

ただ、一つとても印象的だったのはその家族構成。

六人兄弟の長女、と書かれていたのだ。

そんな、たくさんの弟妹に囲まれた、しっかりとしたお姉様なら。

いつか私が母親になった時、そんな侍女が側にいてくれたら心強いかも。

「……解決したのか？」

表情の変化を読み取ったらしいカイにサクラは「はい」と答えた。

カイは、結果を聞いてくることはなかったが。

「いつか……お前も母になるのだろうな」

サクラと同じことを考えたのだろうか。

「はい……その時はカイ様もお父様ですよ」

カイの口元が柔らかな笑みを浮かべた。

3

サクラは、魔獣であるアシュを側において可愛がってはいたが、魔獣という存在についてさほど詳しくはない。

いわく、魔獣とは獣に比べ強靭（きょうじん）である。

また、獣にない力を持つ種が多い――例えば、アシュなどは火を操るが――これは、魔獣と括るには分かりやすい特徴だと言える。

人に使役されるものから、人に害をなすものまで、まとめて魔獣と呼ばれているものの、大きさや生態などは多種多様だ。

有識者であれば獣と魔獣の線引きを詳らかに論じることもできるのであろうが、サクラの持つ知識はこの程度のごくごく一般的なものに限られる。

そんなサクラではあっても、自らの置かれている状況から気がつくことはある。

最近になって、カイの力を必要とするような魔獣狩りが増えていること。

破魔の剣が召喚される頻度が以前に比べて格段に上がっていること。

だから、多分、魔獣に関してあまり良くない状況になりつつあるのだろう、と察してはいた。

だが、だからといって、これが納得できるかと言えば、そんなことはないのだ。

「……サクラ様」

ホタルが心配そうに声をかけてくる。

大丈夫。心配しないで。

そう言いたいのに、言えない。

だって、カイが戻ってきたのは、僅か三日前のことなのに。

「サクラ様、髪を整えますよ」

しかも、ほんの数時間前に慌ただしく出て行ったカイが、早々に剣を呼ぶだなんて。

まだ、太陽は沈みきってはいない。

昼間のような輝きは失いつつあるけれど、まだ、明かりがなくてもホタルの顔を見ることはできるし、今からホタルが結いなおそうとしている髪だって、就寝用の三つ編みではないだろう。

どうして、カイが魔獣狩りに出かけることがこんなに増えているのだろう。

どうして、こんなに明るいうちに破魔の剣が呼ばれるのだろう。

ここに来たばかりの頃は、こんなことはなかった。

だから、これは異常事態なのではないか、という疑念が、サクラの中でどす黒く渦巻いて、やがて大きな不安になってサクラを押しつぶそうとするようだ。

それはともすれば寂しいという思いを上回るかのような勢いで。

「……サクラ様、私、サクラ様がお望みならいくらでもカイ様の声を探します」

膝を抱えて座るサクラの髪を結いながら、背後からホタルが話しかけてくる。

そんなホタルの優しさに縋(すが)ってしまいたくなるが、サクラは首を横に振った。

今、カイはどんな状況かは分からない。

だからこそ、不安ではあるのだが、それはホタルの力を使う理由にはならない。

カイが誰かと話す声は、その無事の証明ではあるから、サクラに一瞬の安堵をくれるかもしれない。

でも、その会話の内容がカイの危機を告げるものだったら？

もし魔獣に傷つけられた人がたくさんいるところにいたら？

ホタルの耳はサクラに告げたくない様々なことを拾い上げるかもしれないし。

苦痛に苦しむ人達の呻(うめ)きや命乞いの叫びを聞くこともあるだろう。

それらに対してサクラは無力だ。

ここでカイの無事を祈るしかない身なのだ。

であれば、ホタルに余計な心労や苦痛を与える可能性を排除する方が良いに決まっている。

「分かりました」

何も言葉にはしなかったけれど、ホタルの声には申し出を断ったことに対する落胆はなかったから、サクラの思いはちゃんと届いているだろう。

「できました……あ、サクラ様」

髪を結い終えたホタルが、何かに気がついたように声を上げた。

その何か、が何であるかは予想できて、サクラは迷わずバルコニーを見やる。

想像どおりの美しい白い魔獣をそこに見つけるのと同時に、ホタルが扉を開けて「どうぞ」と声をかけていた。

「いらっしゃい、タオ、アシュ」

サクラが腕を広げて迎え入れる言葉を告げれば、すぐさま彼らは駆け寄ってきた。

大きなタオは、サクラがどんなに精一杯腕を広げても受け入れられる大きさではないのだが、賢く優しいこの魔獣が華奢な体に突進するはずもなく、軽快に駆け寄りつつもフンワリと身を寄せて、肩にトンとマズルを乗せる。

そんなタオの背中からピコンと顔を出したアシュは、白い毛並みを抱く腕の上をトトトと進み、定位置の肩におさまると、頬に小さな頭を寄せて挨拶をしてくれるから、サクラも擦り寄って柔らかな毛並みを愛でた。

彼らはサクラの元から剣が放たれた際には、必ずこうして現れる。

「来てくれてありがとう」

フワフワの毛に埋もれるようにしながら、告げる。

魔獣である彼らと触れ合うことは、同時にまぎれもなく身の内に破魔の剣がないのだという証でもある。

そして、それはカイが魔獣と対峙しているという事実を告げていた。

だから、彼らと再会を果たすたびに、サクラは愛らしい姿に癒されると共に、愛する人が危機に瀕しているのだという辛さを合わせて身の内に抱えることになるのだ。

「お水を用意してきますね。あとは何か果物でもあれば良いのですが……厨房で聞いてきます」

ホタルの声は、先ほどまでのサクラを気遣う色を少しだけ潜めて、その分だけ安堵を纏っていた。

いつだって、サクラのことを一番に考えてくれている幼馴染にいたく心配をかけたことは分かっている。

「ありがとう。ホタル」

いろいろなことへ。

感謝の気持ちを込めて一言。

「……はい。少々お待ち下さいね」

ホタルには、余すことなく漏れることなく届いている。

そんな風に感じさせる晴れやかな笑みを浮かべて、ホタルは部屋を出て行った。

扉が閉まると、もともと騒がしくもなかった部屋は、さらに静まった。

誰もいない。

タオとアシュ以外。

サクラはフッと肩の力が抜けるのを感じて、そのままタオへと寄りかかった。

別にホタル相手に気を張ったり、遣ったり、というつもりはなかったのだが。

多分、思った以上に最近のカイを取り巻く異変に不安を覚えているのだろう。

目を伏せて、しばしの虚無感に浸る。

「私に何かできることはないのかしら」

タオの冷たい鼻先がサクラの額を小突く。アシュはサクラの膝でチッと小さく鳴いた。

魔獣が知るはずの答えは、何よりサクラ自身が知っている。

鞘として、カイを愛する者として。

カイを待って、無事を祈って、戻ってきたら抱きしめて。

それ以外にできることなんてない、と。

サクラは小さく息をつくと気合を入れるように、勢いよく立ち上がった。

ウダウダとしてしまったが、こうしていたところで何も解決はできないのだ。

身軽なアシュは上手にサクラの膝を下りて、寛ぐタオの顎下に潜り込む。

「甘えん坊ね」なんて呟きながらも、その愛らしいなれ合いを眺めていたサクラの前で、タオが何かに気がついたように顔を上げた。

「タオ？」

タオの視線は、先ほど自分達が入ってきたガラス扉に向けられている。

それを辿ったサクラの視界にも、それは認められた。

白い毛玉。

「……魔獣、よね」

ちらりとタオを見てみたが、先ほどとさほど変わった風もなく、ゆったりと横たわったまま尾を揺らし、ただ視線はそこに注がれている。

タオに敵意はないようだ。

サクラは扉に近づいてそっと開いた。

「……お前はどこの子？」

声をかけると、小さな毛玉はモゾリと動いて。

ちょこんと座って見上げてくるその様子に、思わず、サクラは感嘆の声を上げた。

「……っ……かわいい……！」

姿はタオによく似ているのだが、とにかく小さい。

「抱っこしても良いかしら」

手を伸ばしながらも伺いを立てるように室内にいるタオに目を向ければ、咎めるでもなくこちらを見ている。

それをこの魔獣に危険性なし、抱っこして良し、の許可と受け取って、サクラは嬉々としてその子を抱き上げた。

アシュと変わらないほどに小さいから想像はしていたが、それは思いがけず実体がないように軽い。しかし、反するように手の平に感じる骨格はがっしりとしていて、きっと、これから大きくなる子に違いないと想像させた。

目元まで持ち上げると、サクラを見つめるつぶらな瞳は金色。

カイの右眼を思い出させる色彩だ。

そして。

「……お前、白銀なのね！」

光の下で改めて見つめると、その毛並みは白ではなく白銀。

そして、首元や耳の付け根辺りには金色の毛色が混じり込んでいた。

煌めく美しさに驚かされつつ、サクラは白銀の魔獣を抱きしめたまま、部屋へと戻る。

タオもアシュも、その子にはあまり興味がないのか、大きな反応はないが、それが、この魔獣がサクラに害をなすものではないという証に違いないから。

「剣が戻ってくるまでの間だけ……お前も側にいてくれる？」

愛らしい白銀の魔獣は、サクラの言葉に首を傾げる。

その仕草もまた可愛らしく、サクラは一時、物思いの底なし沼から引き上げられたようにも思えた。


それは、サクラの元から剣が呼び出されて数日経って明らかになった。

始まりは、いつになく慌ただしくサクラの執務室を訪れたタキの一言だった。

「カイ様がお戻りになります」
その一言にサクラは目を見開く。
カイが戻る。
それは喜ばしいことだ。
だが。
サクラはとっさに自らの足元に目を向ける。
そこには、カイに剣が呼ばれた日から側にいるタオとアシュ。そして、白銀の魔獣。
「……カイ様はご無事なのですか？」
声が震える。
剣はサクラの元に戻ってきていない。
いつもならカイより先にサクラの元に戻ってくるのに。
サクラの髪を乱しながら、カイの無事を告げながら。
主を置いて戻った剣は、サクラの内で穏やかな眠りにつくのに。
カイに何かあったのだろうか。
サクラの元に剣が戻れないような事態が、カイの身に起きているのか。
ぎゅっと握る手の平が震える。
「ご無事のようです。先ほど先触れが到着しました。急ぎ戻る、と、数時間後には戻られるでしょう」

答えるタキにいつもの穏やかな笑みはない。

サクラもまた、無事であるというそれに僅かな安堵を得ながらも、ざわめく心を鎮める術（すべ）を持ちえなかった。


本当は翼竜が降り立つことになる庭でずっと待っていたかったのだけれど、いつになるか分からないというそれはタキに止められた。

それでも部屋には戻れないと強張（こわば）るサクラを、ホタルが「近づいたらお知らせしますから」と手を引いてくれるのには、拒まずに従った。

部屋に戻ったからといって、何も手につかない。

魔獣達もサクラの心中を察するように、部屋の隅に控えている。

早く、帰ってきて。

それだけを何度も何度も願う。

「サクラ様！」

ホタルが名を呼ぶのを聞いて、続きの言葉も聞かずに部屋を飛び出す。

無事なカイの姿を確かめたくて、ドレスの裾が乱れるのも構わず走って。

青々とした空に見えてくる小さな黒点。

視界に入ったそれから、何かがはぐれてこちらに落ちてくる。

それはだんだんと大きくなって、やがて、サクラの待ち人の姿になる。

「サクラ！」

庭に降り立ったその人が、フードを外し現れた顔には、珍しくも焦燥が浮かんでいる。

「カイ様！」

サクラが近づこうと一歩を踏み出せば、あちらこそが走り寄り、強い力で抱きしめられた。

「無事だな？」

身の内へ引きずり込むほどの深い抱擁の中、これも聞いたことのないような切羽詰まった声が聞こえてきて、サクラは戸惑いながらも頷いて自身に変わりがないことを伝えた。

サクラはただ屋敷で過ごしていただけだから。

心配するのは、狩りに出かけた夫を待っていたサクラの方。

何かあったかと聞きたいのもサクラのはずだが。

「剣が戻りませんでした」

カイに続いて、庭に降り立ったシキが言う。

「……え？……」

サクラと共に庭に出てきた家人の間に広がるのは困惑。
「どういうことですか？」
尋ねるタキに、答えたのはやはりシキだった。
「魔獣を仕留めた後、いつもなら手元から消える剣が」
言われて、サクラの視線がそこに向く。
カイの左手に握られた剣。
鞘のない、常に刃を晒す……破魔の剣は、今は漆黒の軍神の手に。
「……お前に何かあったのかと……」
ああ、カイが無事で良かった。
サクラも、また、カイの背に両手で抱く。
カイの腕にも、さらに力がこもる。
だが、それは片腕だ。
カイの左手には剣があるから。
サクラを抱きしめるのは右腕のみ。
どうして。
何故、剣は戻ってこないの？
カイの無事を喜ぶ心の中、ポタリと落ちるシミのような不安。

それは、最近感じていた異常な状況と不協和音を奏でながら、サクラの中に歪な憂慮を積み上げていく。

そして――

屋敷の屋根には、タオが背に小さな二匹を乗せて立っていた。

カイの持つ剣の気を避けるように。

それでも、今はサクラの元を去るまではないのだというように。

4

かの娘が鞘としての役目を失ったらしい。

それは、一つの噂として、瞬く間に広まった。

そして、それが事実であるとの認識もまた、疾風のごとき速さで駆け抜けた。

皇城の長い回廊を宰相と二人の側近と共に進むカイの手には、刀身を晒した破魔の剣が握られている。

すれ違う城の者達は、カイの姿を目にすると厳かに膝をついて黙礼を捧げた。その佇まいは落ち着いていて、破魔の剣の鞘について問いかける視線もない。刃を晒した破魔の剣を携えての登城は、最初こそ城内にざわめきをもたらし、隠しきれない好奇の目を集めもしたが、さほどの時をおくことなく静かになった。

それは、皇帝をはじめとするカイの周りの者達が、この件について特段騒ぎ立てることもなく鷹揚な様子を見せているのが功を成していると言えたし、何よりも当のカイ自身に微塵の動揺も見られなかったからに他ならないだろう。

当初は鞘であることを理由に正妃となった娘の処遇がどうなるか、という話題もあったようではあるが、それさえも、以前と何ら変わることなく軍神が寵愛していると聞こえてくれば、静かになろうというものだ。

だが、とカイは心内で独りごちる。

何よりも、サクラ自身が剣を受け入れられないことに沈んでいる。

最初は、お互いに無事であったことを喜ぶだけで良かった。

剣が手元から消えないという事実を突きつけられた時に、カイにあったのはサクラの身に何かあったのかという脅威だけだったから。

カイの姿を見て、顔色を変えて走り寄るサクラを見た時の安堵は、剣が手元にあるという現実など些細なことだと思うほどだったのだ。

しかし、時間が経つにつれて、剣を持つカイの姿は、サクラの瞳を揺らがすようになった。

決して、忘れていた訳ではない。

カイの愛する妻は、時に強く、時に頑な(かたく)で。

けれど、時に儚(はかな)く、時に幼気(いたいけ)なのだと。

それでも、大丈夫だと思っていたのだ。

今朝、長い髪に触れようとした片手を、泣きそうな顔で俯(うつむ)いて拒まれるまでは。

物思いに耽(ふけ)りつつも進み続けるその向こうから、一団が歩いてくるのが視界に入る。

思考を閉じてそれが誰かを認識し、面倒な人物に遭遇したものだと、カイはため息を呑(の)み込む。

「……ちっ」

と、小さく耳に飛び込んできて、内心の呟きが表に出てしまったか、と隣を見やると宰相であるハクが、穏やかな表情を浮かべつつも、視線を背後に送って舌打ちの出所を伝えてきた。

老獪(ろうかい)な宰相が導く先には、甘やかな貴公子風な笑みを浮かべた側近の片割れが、目だけで「煙たいのが来ましたよ」と訴えてくる。

その隣では、同じ顔をしつつもいくばくか表情のないタキが「穏便にな」とでも言いたげな視線で同い年の弟を窘めていた。

声なき会話を聞き取ったのはハクも同じだったようで、小さな咳払いが背後への「騒ぎを起こすな」との忠告の響きで聞こえてきた。

あちらから何も言ってこなければ、こちらから話すことは何もない。

しかし、あの男が何事もなくすれ違うこともないだろう。

カイをはじめとする四人は、言葉なく歩みを進める。

歩いてくる一団は人数にすれば十名ほどだろうか。

面倒、との認識でこちら側が一致したのは、先頭に侯爵の姿を確認したからに他ならない。

キリングシークには現在、一つの公爵家と三つの侯爵家が存在している。

この国唯一の公爵家として、主に外交を担っているのがタキとシキの生家であるスタートンだ。

二人の父である現公爵の手腕は言うに及ばずだが、その妻はキリングシークの隣国であり、我が国に最も影響力があるとも言われる同盟国の侯爵令嬢だった人で、その実家は今なおかの国で一大勢力を誇っている。

名実ともにキリングシーク一の貴族であろう。

それに匹敵する勢力を誇示しているのが、筆頭侯爵家であり、先帝の時代より宰相を務めるハクが家長であるヴァルガング家だ。

崩壊の時を迎えつつあった大帝国を立て直したのは、当時皇太子であったガイであり、第二皇子にして軍神の異名を持つカイであることは疑いようもないが、幼い二人を導き、その道筋を切り開いたのが、この老獪な宰相閣下であることもまた事実である。

この二大勢力と一線を画して確固たる地位を築いているのが、数多くの国境を有する自治区を治めているシュバルツ侯爵家である。滅多に皇都を訪れることのない一族であるが、キリングシークの要の一つであることは、この国の誰もが知るところだ。

そして、三つ目が、件のカナリウス侯爵である。

この家に対する現政権の評価はすこぶる低い。

シキなどは、誰に憚ることなく「前皇帝の腰ぎんちゃく」と称するが、まさにそのとおりと言えよう。

国の衰退を憂うでもなく、ただただ、与えられた利権を失うまいと足掻き続ける一族。

現皇帝から信頼を得ているとは言いがたい状況で、世代交代の波に乗り遅れてはならないと、カナリウス家と縁深いカサールの王女をカイに輿入れさせようと画策していたのがこの侯爵であるし、鞘の娘と軍神との婚姻には当然のように最後まで反対していたのもこの男である。

言うなれば、破魔の剣が鞘と離れている今、これを好機とみて、浮足立っているに違いない男であるのだ。

「皇弟殿下にご挨拶申し上げます」

道を譲る風に脇に逸れつつ、カナリウス侯爵は、カイに向かって深々と頭を下げてみせた。

侯爵に倣うように背後に控える面々が揃って頭を垂れる。

カイは彼らを一瞥し、軽く頷くのみで、声をかけることはない。

それはここでの会話は不要であるとの何よりの意思表示であったし、そのまま過ぎようとするカイの歩みを止めることない後続の宰相閣下もそれを良しとする証であったのに。

「剣がお手元に戻ったとお聞きいたしましたが」

侯爵が言葉を続けた。

何を思うのか、ハクに並んでカイの一歩後を歩き始めた。

侯爵の連れていた者達は少し戸惑うような様子を見せはしたものの、タキとシキの後を僅かな距離をおいて付いてくる。

「……こうして破魔の剣を携える姿こそが漆黒の軍神の名に相応しいと思いませんか」

これはカイではなく、どうやらハクに向けての言葉のようである。

カイへの直接の問いはさすがに不敬と心得ていつつも、これ見よがしな発言に、しかし、その場にいた誰もが一切の反応を断つ。

答える意義など僅かにもない。

それがカイの意思だ。

だが、えてしてこういった輩は、空気を読まないものだ。

故に。

「もともと、我らは鞘の娘を正妃として迎えるなど、反対だったのです。オードル家は我が国建国以来の忠臣ではありましょうが、所詮は伯爵……三番目のご令嬢ほどの美貌があればともかく……」

こういうことを口にするのだ。

これにもカイは無言を貫いた。

くだらない。

何故、ここで、見目の話が出てくるのか。

いや、それくらいしか、サクラを語る術を持たないのだ。

サクラの何も、知らないから。

その華奢な身に包み込まれる安寧を。

その声で名を呼ばれる幸福を。

知らないからこそ、こうして安易に貶める言葉を口にする。

カイならば、こんな言葉は、聞く価値もないと捨て置くだけだが。

サクラの耳に入れば、悲しげな面はさらに沈み込むだろうか。

いくら、サクラが鞘であってもなくても、カイのこの想いに変わりはないのだと告げても。

分かっていると頷きながら寂しげに揺らぐ瞳を晴らせるならば。

こういった輩の一人、二人も斬り捨ててみるのも悪くはない。

「言葉が過ぎますな」

カイの物騒な思考を読み取ったかのように。

静かに、恫喝するでもなく。

しかしながら、侯爵の息をのむ音が聞こえるほどには老練された、そして犀利な者にのみ許される響きでの制止だった。

振り返れば侯爵の正面に立つ宰相の姿がある。

文官の頂点に立つ老臣の背中は、僅かな衰えもなくピンと伸びて、己よりも背の高い者達に囲まれながら、いささかの怯みもない。

侯爵の向こう側では、いつもは飄々としているシキでさえ、心なしか背筋を伸ばしているようである。

しかし。

「……っいや、しかし……！　鞘ではなくなったご令嬢の価値など、なきに等しいと宰相閣下も思っておられましょう」

何に力を得てまだ言葉を発することができるのか――いや愚者というのは、結局、見誤るのだろう。

もう一度、ハクが諫めるか。

それとも、シキの隣で出方を見ているタキが割って入るのか。

それとも――本当に斬り捨てるか。

そんなことで、サクラの抱えるものが払えるはずもなかろうが。

「何よりも国益をお考えの宰相閣下であれば、鞘ではなくなった娘など早々に排斥し……」

「黙れ」

言葉は、思考よりも先に出た。

鞘でなくなった娘。

破魔の剣は確かにカイの手にある。

だが。

「我が妻が破魔の剣の鞘であることは、俺の傍らに在ることの意味ではない」

大きな声でもない。

荒らげた訳でもない。

そのカイの声は、回廊の中、朗々と響いた。

5

カイの言葉の真意を、この男はどれほどに理解しただろうか。

いや、この男に理解を求める必要などない。

そもそも、このようなことをわざわざ告げる価値のある人物でもないのだ。

そう思いながらも、抑えきれずに声にしたそれは、紛れもないカイの本心の吐露だった。

カナリウス侯爵の喉ぼとけがコクリ、と何かを嚥下(えんか)するように動く。

青ざめた面。額にはうっすらと汗が浮かぶ。

取り繕う言葉を探すように、震える唇が幾度となく動くが、カイにそれを待ってやる理由はない。

「行くぞ」

彼らに背を向け歩みを進めようとすれば、これから会おうかという兄帝ガイが歩いてくるのが見える。

この登場は思いがけないものだったのか、背後で息をのむ声が聞こえる。

カイの横では老臣がゆっくりとした動作で深く腰を折り、その後ろの双子の従者が片膝をついて騎士の礼を取った。

「遅いから、どこかで迷子になっているのかと思ったよ」

数人の近衛（このえ）騎士を連れて歩くガイは、カイの近くに歩み寄るなりのんびりと、そんなはずもない言葉をかけてくる。

続いて。

「ふむ……お前は今日も剣を持っているのだね」

左の剣を見つけて言った言葉はそれだった。

今のこの状況であればその発言はカイの苛立（いらだ）ちを煽（あお）りそうなものであったのだが、語りかける口調が、剣を見る視線が、その機嫌の良さを告げてくるから、毒気を抜かれて肩の力を抜いた。

それは、そこにいる者達も同じだったようで、カイが作ったはずの緊迫感が困惑へと切り替わる中、ハクだけが誰かを咎めるように小さく咳払いをした。

ハクのそれが合図であったかのようにガイが「楽にして良い」とカイの背後の者達に声をかければ、それぞれがその場に立ち上がる。

もちろん侯爵も。

「話は終わったか？……侯爵」

ガイが問う。

侯爵、と呼ぶそこに特段の感情は見えない。

「陛下。陛下もお考え直し下さい。破魔の剣がこうして殿下の手元に戻りま……」

やはり、先ほどのカイの言葉はこれには伝わらなかったか。

性懲りもなく、再び口にしたそれは。

「終わったのだろう。その話は」

柔らかい口調ではあった。

漆黒の軍神とカイが呼ばれるようになってからは、あえてその色を避けて身に纏う兄帝の今日の装いは白。

正装であれば、富と権威を誇るべく施される装飾も今はなく、この場にある誰よりも身軽に見えながら、だが、誰もがこの男こそが帝国の覇者であるのだと思い知る。

カイとよく似た面立ちには、カイが決して浮かべることのない穏やかな笑みが浮かんでいるし。

カイの右眼と同じ色彩を湛える双眸（そうぼう）さえもが僅かな怒りも苛立ちも見せてはいないのに。

侯爵はまるで何者かに喉でも抑えつけられたかのように言葉を失い、そして、カイの言葉により失っていた顔色をさらにも悪くして大人しく頭を垂れた。

「では、行こうか。ああ、お前達はここに」

言葉は護衛の騎士達に。

「軍神が供なのだ。これ以上は不要であろう？」

歩き出す兄帝の後について、カイも宰相と側近を置いてその場を後にした。

ガイの歩みは執務室でも私室でもなく、中庭へと向かっているようだ。

かつては兄弟二人の遊び場であり、長じては密談の場であり、今はきれいに整えられて高貴なる婦人達のお茶会などが催される特別な広場ともなっている場所だ。

しかし、今日の兄の目的はお茶ではないらしい。

「せっかく、お前が剣を持っているのだから」

兄帝はそう言いながら上衣を脱ぐ。

すぐさま、どこからともなく兄の侍従がやってきて、衣を受け取り、代わりとばかりに剣を差し出した。

兄帝がそれを受け取れば、続いて侍従はカイが上衣を脱ぐのを待って受け取り、どこへともなく消えていく。

いつものことではあるが、この兄帝から絶対の信頼を得ているだけはある侍従の隙のなさに感心する間もなく、ガイは剣を構えてカイの前に立った。

「たまには相手をしておくれ。他の者では遠慮が勝ってな」

その唇は侯爵に向けたものとは違う笑みを浮かべており、やはり兄は随分とご機嫌らしい。

カイ自身はやり場のない苛立ちを抱えているというのに。

カイは破魔の剣を、右手に持ち替えた。

「私から行かせてもらうよ」

言うなり、振り下ろされる剣を、破魔の剣で受け止める。

戦線に立つことのない兄ではあるが、カイはその剣技を高く評価している。

重く圧し掛かる兄の刃を跳ね返し、攻撃に転じて剣を突き出すも、兄は舞うような柔らかな動作でそれを流して躱す。

他の者では遠慮が勝つ、という兄の言葉。

それはそうだろう。

キリングシークの偉大なる皇帝である兄に、たとえ演習であろうとも剣を向けるなど、なかなかに肝の冷える行動であろう。

だが、カイは違う。

幼い頃からこうして幾度となく交えた剣は、互いを信じ、互いに支え合ってきた証だ。

無心になれ。

お互いに殺意のない剣とは言え、油断すれば肌に傷痕の一つや二つは簡単に描かれるから。

集中しろ。

己に言い聞かせねばならないのは。

破魔の剣を振るっているという実感が、今朝のサクラを思い出させるからか。

鍛え上げられた鈍(なまく)らではない刃同士がぶつかる音が響く。

足を踏み出して、堪(こら)えて、後ずさる。

額に汗が浮かび、息が上がり始めてから間もなく。

最後はカイの剣が、ガイの剣を弾いて終わる。

「参った」

兄が両手を上げて降参を示せば、侍従再び、である。

すっと姿を現した彼はガイとカイのそれぞれにタオルを手渡すと、次には小さな折り畳み式のテーブルを素早く準備する。

すると、これもどこに控えていたのか、水差しとコップを持った侍女が現れて、あっという間に二人分の飲み物を準備して消えていった。

「随分とご機嫌斜めだね。それは侯爵のせいなのかな？」

あれ、のせい？

いや、あれ、のせいではない。

では、この苛立ちは何なのか。

もちろん、カイは理由を知っている。

「周りがざわめくのは仕方ないね……お前の妃が鞘であることは周知の事実だし」

ガイの視線が、カイの左手にある剣を捉える。

「それを理由にしてお前はあのご令嬢を手に入れたのだから」

カイは大きくため息をついて答える。

「……あれのせいではない」

ガイはそれに頷いた。

兄も分かっているのだろう。

カイの苛立ちがそのせいではないことを。

「兄上……俺がサクラを手に入れたのは、確かにサクラが鞘だったからだ」

あれは鞘の娘、だから、俺の傍らに在らねばならない。

そう言ったのは確かに己。

あの時も目の前の兄帝にそう告げて、正妃とする許しを得たのだ。

「だが、今は……サクラが俺の傍らに在る理由はそれではない」

先ほど、侯爵に告げた言葉を再び口にすれば、ガイは水差しの水を飲みほして。

「お前が剣の使い手となってから……どれだけのものを手に入れ、どれだけのものを失ったのか……私は全てを分かっているとは言わんよ」

カイが剣に選ばれたのは十五の時だったか。

宝玉として、皇家の象徴として祀られていたそれは、元服の式を終えたカイの手の平へと強引に柄を握らせた。

騒ぎになる城内。

狼狽えて頼りにならぬ父帝の傍ら。

皇太子であった兄はまっすぐにカイを見つめていた。

その視線にはカイに対する嫉妬も猜疑もなく。

ただ、破魔の剣の使い手となった弟への希望、そして、自らが次代の皇帝であり、世界の導き手であるのだというゆるぎない信念を湛えていた。

だから、カイは迷わず、兄の前に剣を捧げて跪いたのだ。

父帝ではない。

我が主君はこの兄であるのだと知らしめるために。

あの時から、ガイとカイは双璧と呼ばれながら、時に背中合わせとなってこの国を護り、そして世界に光をと希い、叶えんと奔走してきたのだ。

手に入れたものはもちろんある。

きっと失ったものも。

だが、それを悔いたり惜しんだりしたことはない。

きっと、それは兄帝も同じだろう。

剣の稽古もままならぬように。

その手から零れ落ちたものも少なくはないはず。

「それでも、お前が破魔の剣を手にした瞬間から、ずっと……ずっと願っていたことがある」

ガイは深い笑みを浮かべた。

それは皇帝という地位にある兄が、軍神と呼ばれる弟に見せる、あまりに無防備なもの。

「それが……今、こうして叶っていることに、私は心からお前の妃に感謝しているよ」

カイはその笑みを見ていられなくて、そっと目を逸らした。

兄が願ったことはきっと。

そして、それは叶えられているというなら。

「……兄上……一つ聞いても良いだろうか」

これを尋ねてみても良いだろうか。

カイは、最近、自身を苛立たせている状況をそっと兄に相談する。

ガイはカイの言葉を聞き、少し驚いたように目を見開き、そして、やはり笑みを浮かべた。

「なるほど、お前のそれは……ご機嫌斜めなのではなく、落ち込んでいるのか」

クスクスと兄の笑い声。

そして、指先がカイの頭に触れて、髪をくすぐる。

兄帝の手の平は破魔の剣を握ることはない。

しかし、その拳はカイと変わらぬ大きさと、剣を持つものに与えらえる固さに覆われている。

兄の大きな手の平は、まるで幼子を慰めるかのようにカイの頭をかき混ぜる。

「……やはり、私はお前の妃には感謝してもしきれないな」

そして、ガイはカイの相談事に真摯な答えをくれたのだった。

6

皇城に足を運ぶのは、何度目だろうか。

カイの正妃として迎え入れられた当初、自身はさほど苦痛に感じたこともなければ、それを不満に思うこともなかったが、サクラは鞘以外の何者でもなく、ラジルの屋敷にあって軟禁状態だった。

その後、カイと想いを通じ合い、軍神の寵妃であると内外に広く知らしめるためと称して、あちらこちらへとカイに連れられるままに出向くことになったが、そこにこの堅強な城も含まれる。

それは皇帝をはじめとするやんごとなき方々が主催する大々的な式典への参加を目的とすることが多く、サクラはカイの伴侶として、皇弟妃として、これらが義務であることは理解していたものの、決して楽しいものではなかった。

でも、時には足取りが軽くなる登城もあって。

今日も、いつものサクラなら、そういう日になるはずだった。

キリングシークの権勢を誇るような優雅なフォルムを描きながら、その実、頑強さに重きを置いた石造りの城であると聞かされた場所の奥深く。

侍女達に導かれ、前後を近衛兵に付き添われて、長い回廊を歩いていく。

かつては後宮と呼ばれていた宮殿の造りは少し独特で、中庭と呼ぶには広々した庭園を中央に配置し、その周りをぐるりと円型の建屋が囲う。

在りし日は、円型の建屋は幾つもの部屋に分かれ、それぞれに側妃が住まわっていたそうだ。

もっとも、前皇帝時代は既に帝国には側妃を差し出す価値はないというのが大勢であったし、現皇帝は即位して早々に後宮の解体と側妃の廃止を宣言している。

結果として、現在は正妃とその子供達の住まいとしての役割を担う場所となっている。

サクラが招かれたのはもともとは側妃の居室であった幾つかの部屋を繋げて作られている温室だ。

あまり見慣れない草や花に囲まれて、その人はいた。

「サクラ」

気安く声をかけ、無邪気な様子で手を振る皇妃陛下に、サクラは右手を胸に、左手で僅かにスカートを引き上げて、頭を下げる。

「皇妃陛下におかれましてはご機嫌うるわしく存じます」

「ご機嫌よう、本当に久しぶりね」

流暢な帝国語はどこにも違和感はない。

とは言え、皇妃陛下の容姿は明らかに帝国民とは違っていて、彼女が異国からこの国へと嫁いできた身であることを如実に語っている。

灰褐色の髪と青銅の瞳。細面に優艶な一重の目元、薄いながらも常に謎めいたような弧を描く唇。

女性らしい丸みを帯びながらもほっそりと背は高く、そして、際立って手足が長い。

はるか遠き国から和平の象徴として嫁いできた姫君の名はアンチューサ。

大輪の花のごとく煌びやかな姿こそが美しいとする帝国に、彼女が降り立ったその瞬間、新たな美の観念が生まれたとも言われている。

「ご機嫌よう、サクラ様」

アンチューサの隣でにこにこと笑みを浮かべているのは、タキの妻であるアイリだ。

姉や妹ともまた違う、しかし眩く美しい微笑みを浮かべる二人の女性が誘うまま、サクラは温室の奥へと歩みを進めていく。

変わった、しかし不快さのない香りが漂う緑の中へゆっくりと。

「急にお誘いしてしまってごめんなさいね」

皇妃の話しかけに、「いいえ」と言いかけたのだが、間髪を入れずに。

「でも、今こそ、お会いする時と思ったのよ」

続く言葉の意味は分かるが、その理由はよく分からなかった。

疑問は、少しだけ首を傾げるという仕草に出てしまっていたようだ。

アンチューサとアイリが「ふふ」と笑いを零しながらも。

「カイ様が落ち込んでいるんですって⁉」

何故かとても嬉しそうに皇妃陛下が話されるので、サクラは面食らってしまい、その言葉自体を掴み損ねてしまう。

とは言え。

「あのカイ様がサクラに避けられて落ち込んでいるって……落ち込んでいるって！」

何回も言って下さるので、さすがに聞き取れた。

だが、何故、こうも楽しそうなのだろうか。

なお、隣にいるアイリも同様である。

やがて、緑の生い茂る小道を抜けて、テーブルと椅子が置いてあるこぢんまりとではあるが開けた場所に到着した。

招かれるままにそこに座ると、アンチューサとアイリは楽しげな空気を少し潜めて、けれでも笑みは浮かべたまま。

「私がこちらへ輿入れした時には既にカイ様は破魔の剣の使い手でいらしたのだけど……私は、常に剣を持つカイ様のそのお姿がとても怖かったのよ」

歩いている最中は姿が見えなかった侍女がどこからともなく現れて、お茶を淹れ、すぐさまどこかへと消えていく。

アンチューサが湯気立つお茶を一口含んでから続けたそれは、先ほどの言葉とどう繋がっているのかよく分からないながらも、サクラは頷いた。

「あの頃は、まだ漆黒の軍神とは呼ばれていなかったわね……私は和平の証として嫁いできた身で、少なくともすぐさまカイ様に敵と見定められることはないだろうと理解はしていても……いつでも剣を振るうことができるカイ様は怖かったの」

語る皇妃の表情は穏やかな笑みを浮かべるだけで憂いはない。

「皇妃陛下だけではないわ。皆、カイ様が剣を持つ姿に本能的な恐れを抱いていたのよ。そういう私もそう。もちろん、小さな頃から一緒のカイ様だから震えて近づけないなんてことはなかったけど……でも、やっぱり、どこかで怖いと思っていたの」

幼い頃からカイと共に在ったアイリまでが言う。

とは言え、やはり、浮かぶ笑みは柔らかで翳(かげ)りはない。

「サクラは、常に剣を携えているカイ様を見るのは初めてだったのね」

そのとおりだった。

サクラは常に剣を持つカイを知らない。

カイが漆黒の軍神と呼ばれていることは知っていたし、その威圧感は確かに圧倒的で、彼が畏怖されるべき存在であるのだと感じてはいたけれど。

ただ、サクラの傍らにあるカイは、見合ったその瞬間から、剣を鞘に納めた静かなる軍神であったのだ。

それはサクラが鞘であるが故の在り様で。

「怖かったの？」

剣を持ったカイが怖かったのか、と。

だから、カイを避けてしまうの？

そうアイリは聞いているのだろう。

サクラは首を振った。

カイが怖いはずがない。

「まさか、カイ様が鞘ではないサクラをいらないなどと……」

皇妃の言うそれにも慌てて首を振るう。

そんなこと、カイが言うはずがないし。

他のどんな人に言われたところで、今のサクラは気にしたりしない。

「いいえ！　そんなことは決して」

では、何故？

美貌の二人が首を傾げて見つめてくる。

何故、カイを避けてしまうの？

サクラは、漆黒の軍神に、全てから放たれるひと時を差し出せる存在でありたかった。

それはサクラのカイを愛する気持ちとは別のところにある、他の人から見れば小さな小さなサクラの矜持なのかもしれない。

漆黒の軍服もなく。

破魔の剣も持たず。

願わくは、キリングシークの皇弟であることをさえも忘れて。

ただ、ただ、一人の人で在って欲しい。

それを叶えられるのは、剣の鞘であり、そしてカイに愛されているサクラだけ。

サクラにとって己が鞘であるというのは、自身がカイの想い人であるというのと同じくらい大事なことだったのだ。

だからこそ。

鞘でなくなったサクラへの誹謗や中傷なんかではなくて。

そこに在る、剣を持つ漆黒の軍神の姿に。

どうして、どうして、どうして、と。

困惑して、心乱されて、やがてそれが焦燥と不安へと。

底無しに沈んで無限に広がる。

刀身を晒して輝く破魔の剣は、眠りを知らぬとばかりに。

鞘など不要、破魔の使い手は常に孤高の軍神であれと高らかに謳うようで。

「サクラ」と名を呼ぶカイの声は、何も変わらないのに。

伸ばされる腕は右だけで、両手が広がることはない。

その姿が沈みきった心を深く抉るから。

いつかいた気弱な少女が顔を出して、愛されて強くなったはずの娘が膝を抱えてしまうのだ。

「カイ様のお心が変わりないことは分かっています。それでも、私は、常に刀身を晒す軍神に、全てから放たれるひと時を差し出せる存在でありたいのです」

そう言いながら、言葉と行動がどれほどちぐはぐであるのか、と。

名を呼ばれて、逸らしてしまった視線。

広がる右腕を前に、体は強張って動かなかった。

あの時、カイはどんな表情をしていたのだろうか。

出かけていくカイの背中を見送りながら、この屋敷から初めてカイを送り出した時の方が距離が近かったかもしれない、と気がついて。

身勝手に落ち込むサクラを慰めてくれたのは、破魔の剣が身の内にないことを証明するかのように側にいてくれる三匹の魔獣だった。

「サクラを娶ってから、カイ様はずっと剣を持たなかったでしょう。久しぶりに破魔の剣を持つカイ様を見て驚いたのよ、私」

アンチューサはじっとサクラを見つめた。

この国の者では持ちえない不思議な青銅色の瞳に、不安げなサクラが映る。

「……カイ様が怖くなったのは、剣を持たないからではなかったの」

俯くサクラの手を皇妃陛下の嫋やかな手の平が包み込む。

いつかアイリもこんな風に手を握ってくれたなと思い出す。

あの時、アイリはサクラにお礼を言ってくれたのだった。

鞘であるサクラに。

「……私、カイ様がアルクリシュにいらっしゃった時、サクラ様にお礼を言ったでしょう？」

サクラの思い出は、アイリと重なったようだ。

そして、今、アイリはサクラに寄り添う。あの時よりもずっと近い距離で。

「あの時の気持ちは本当だけど……カイ様が得たのは鞘だけではなかったのよ」

心からカイとサクラを思う二人の言葉。

それが何を伝えたいと紡がれているのか。

サクラの願いへの、それは応えだった。

強張っていたサクラの心が緩んで解けていく。

破魔の剣の使い手。

漆黒の軍神。

様々な呼び名は常に畏怖をもって囁かれていた。

いつでもどこでも。

かつてのかの人は常に刃を晒しながら、自国に在っても敵国に在っても、軍神としての見えぬ鎧を身に纏っていたのだから。

でも、今は。

漆黒の衣を纏っていても。

光を放つ刃を携えていても。

サクラの願いが叶えられていると。

「さあ、サクラ、帰りましょう」

「きっと、カイ様がやきもきして待っているわ！」

アンチューサとアイリの言葉に、サクラは力強く頷いた。

早く帰ろう。

帰って、避けてごめんなさい、と謝ろう。

それから、カイ様は片手を差し伸べてくれるから。

私は両手で抱きしめれば良い。

早々に場を辞して、来た時と同じように侍女と衛兵に導かれて歩く回廊で、しかしながら思いがけない人物に出会い、足を止める。

「ごきげんよう、サクラ」

皇帝の第二皇女であるアヤメ様。

今年で十歳になるはずの皇女は、同年代の数人の少女と共に行先を遮るように立ちはだかる。サクラは先ほど皇妃へ向けたのと変わらない礼を取った。

これに対して、皇妃は優しく受け止めてくれたが、それをこの皇女には期待できない。

この皇女はサクラをとても嫌っている。

理由は単純なこと。

アヤメは叔父であるカイが大好きなのだ。

それこそ、その感情は恋慕に限りなく近い憧憬だろう。

そんな彼女にとって、カイの妻であるサクラが天敵なのは致し方ない。

しかしながら、幼い少女のたわいもない嫉妬から生まれる些細な嫌がらせも、彼女が皇女という地位にあるだけに、時に思いがけない攻撃をサクラは受けることになる。

最近は、皇帝、皇妃の両陛下や、カイからもきつく言い含められているようで、悪意は多くの場合、これみよがしに無視をして去っていく、という形で向けられることが多かったのだが。

「少し、お話をしてもいいかしら？」

固く、どこか拗ねたような口ぶりながら、今日は話をする気分のようだ。

破魔の剣がサクラに戻らないということも聞いているだろうから。

皮肉や嫌みの一つや二つは言われるかもしれない。

それでも、皇族からの誘いをサクラが断れるはずもないから。

「もちろんです」

答えれば「じゃあ、こちらへ」と足を向けるのは、温室とは別の庭へと続く廊下だ。

衛兵や侍女が付いていこうとするのをアヤメがきっと睨んだ。

「サクラだけついてきて！」

幼いとは言え皇女の言葉に歯向かうことができる者は、残念ながらここにはいなかった。

だが、宮殿内のことだ。

大きな問題はないだろうと、サクラが承知すれば皆は下がらざるを得ず、それに満足した風にアヤメは少しばかり速足で歩き出す。

アヤメのお付きらしい数人の少女達は一緒だった。

あまり、良い状況ではないだろう。

サクラの予感は、何かに急かされるようにずんずんと先を歩くアヤメに付いていくうちに、どんどんと確信へと近づいていく。

頻繁、というほど訪れている訳でもない宮殿ではあるが、それでも、アヤメの足が整備された庭を抜けて、その外れへと向かっていることに気がつく。

「アヤメ様、随分とお部屋から離れて……」

「もう少し先に行きたいの」

アヤメはきっぱりと言い放って歩き続ける。

迷いのない歩調からも行先は決まっているようだ。

そうなれば、サクラに付いていかないという選択肢はない。

きれいな花々が姿を消して、簡素な石畳へと変わり、その先には小ぶりな小屋がある。

「アヤメ様、こんなに外れに来ては皆が心配します。戻りましょう」

通常であれば皇族が立ち入らない場所まで来てしまったことに、サクラは無礼を承知で、前を歩くアヤメの手を取った。

しかし、その手は勢いよく振り払われ、思いがけずよろめいたサクラの背を、ドンと幾つかの手が後ろから押す。

そんなに強い力ではなかったから倒れ込むことこそなかったが、サクラは目の前まで来ていた小屋へと押し込まれることになった。

「アヤメ様!?」

何が起きたのか。

皇女の身をこそ心配して振り返れば、バタンと閉められる扉の向こうに数人の少女の姿が消える。

「いらないんだから」

小さな呟きのようなそれは確かに聞こえた。

そして、次の言葉は少女の激しい思いを現すかのように。

「鞘じゃないあなたなんて、必要ないんだから！」

ガタンバタンと忙(せわ)しない音と、扉への衝撃。

去っていく足音と、人の気配。

閉じ込められた、と気がつき、そっと扉を揺らせば、やはり、それは開かない。

だが、サクラにはさほどの不安はなかった。

所詮、宮殿内の一角で起きた、少女達のささいな悪戯(いたずら)だ。

衛兵だって、侍女だって、すぐにサクラの不在に気がつくだろう。

それに一言呼びかければ、サクラの声を取り零すことのない侍女が、この場所を探し当ててくれるだろうから。

だから、大丈夫。

そう思っても、小さな不安までもはぬぐいきれないサクラの耳に、届くのは音。

サクラを探す足音でもなければ。

サクラを呼ぶ声でもなく。

ハッハッと響くのは、まるで、生き物の息遣いのような。

外はまだまだ日は高かったが、小屋の中は隙間から僅かに光が入り込むだけで薄暗い。

さほど広くないとは言え、一瞬で全てを見渡せるほど狭くもない場所で、サクラは振り返る。

多分、物置兼庭師の休憩所。

質素なテーブルが一つ、椅子が二つ。

部屋の片隅に積み上げられているのは麻袋。

その脇に整然と立てかけられているのは農耕具だろう。

そして。

サクラは後ずさった。

背後はすぐにも扉だから、それとの距離は広がることなく。

グルル……というのは敵意の唸り声だろうか。

そこにいたのは――アシュよりはよほど大きな、だが、タオより僅かに小さい魔獣だ。

だが、この姿は。

部屋の隅に座っていたそれがのそりと立ち上がる。

見間違いではない。

四肢を持つ体に、二つの頭が備わっている――双頭の魔獣だ。

二つの顔がそれぞれに牙を剝きながら、サクラに向かって飛び掛かる。

避けようもなく、真っ白になる視界の片隅。

白銀が過ったように見えたが、それを確かめることは、もうサクラにはできなかった。

7

そこは絵本で見たような青々とした草の絨毯が延々と続く広大な大地。

とはいえ、吹く風はなく、それに揺れる景色はない。

本当に絵本の一ページなのかしら。

サクラは一歩、歩みを進める。

自身が裸足であることも、下着のような薄手のワンピース一枚であることも、不思議に思うこともなく、二歩三歩と歩みを進めれば、やがて、遠くに引かれた地平線に僅かな影が見える。
あれは何？
思うと同時に、それが目前に迫る。
大樹だ。
広がる草原よりも濃い緑の葉。
一人の腕では抱えきれないような太い幹。
そして、その根元には白銀の魔獣がいた。
前脚を枕に眠る姿が、最近、側にいてくれる子ととてもよく似ているけれど、明らか
に成獣としての佇まいを備えていた。
この魔獣も景色と同じく絵画の一角かと見つめる先。
白銀の耳がピクピクと動いた。
初めて、この世界に動きが生まれたことに驚く。
次に瞼を縁取る銀色のまつ毛が。
そして、瞼が上がる。
この地に敵なしというように、ゆったりとした動作で半身を起こす。
耳がピンと立ち、そして、サクラの方へと顔を向けた。
金の瞳に、やはりあの子と同じ、と思った瞬間、サクラは何かに引き上げられるよう

に天空へ引き寄せられ、無造作に放り出された。

目覚めて、今まで見ていたのが夢なのだと気がつく。

起き上がろうとすれば、両手両足がまともに動かせないことに驚いた。

慌てて周りを見渡せば、薄暗さの中にも岩肌が見て取れる。

ここはどこ？

閉じ込められたのは、素朴な木造りの小屋だったはず。

だが、今、サクラがいるのは小屋ではないだろう。

先ほどの明るく開けた夢の場所とはまるで反対のような。

吹く風はジメジメと肌にまとわりつき。

光は遠くにうっすらと見えるだけ。

少しの間、身を起こそうと動いたものの、結局それは成し遂げられず、サクラは諦めて、決して寝心地が良いとは言えない地面に横たわったまま、自らを落ち着かせようと考えを巡らす。

物置小屋に閉じ込めるというそれは、幼い少女達の衝動的な嫌がらせだろうか。

アヤメに嫌われていることは分かっている。

残念であるが、アヤメの気持ちを考えれば仕方がないとも思う。

カイの妃となってからは、様々な悪意がサクラに向けられて、その中にあって、アヤメの純粋なカイへの好意から生まれるやきもちなど、むしろ可愛らしいとさえ思えるものだった。

だから、油断してしまったのだろう。

サクラはそっと腕を動かした。

僅かに動きはするものの、縛られている手首が擦れて痛い。

後ろに両手が回されて動かせないという初めての体験に、それでも、無駄に動いても良いことはないだろうと予想はできた。

同じく足首も縛られていて動かせない。

大丈夫。

そう自分に言い聞かせるが、物置小屋で呟いた同じ言葉よりもそれは力ない。

あの時とは違って、分からないことが多すぎるから。

不安に比例するかのように、冷たい地面の上に横たわっている体が徐々に冷えていく。

しっかりしなくては。

と、小さな息遣いがサクラの耳をくすぐった。

「あ」

目の前にいたのは、白銀の四肢に金のたてがみを持つ魔獣。数日前、サクラの元に現れた小さな子はサクラを心配するのか、それとも遊んで欲しいのか。

忙しなく動く姿は、先ほど夢に見た魔獣の物静かさとはかけ離れたものだったが、しかし、姿はやはり大きさを忘れてしまえばそっくりだ。

「いつからここにいたの？」

声をかけると、ピタリと動きを止めた。

そして、慰めるようにサクラの頬をぺろぺろと嘗めた。

この子がここにいるならタオやアシュもいるかもしれない。

そんな期待を抱いてはみたが、しかし、それはすぐさま裏切られた。

「ああ、起きたのか」

サクラの知る誰でもない声がする。

しゃがれたような、誰かに口元を塞がれたような、聞きづらい、不快感を抱かせる声だ。

反射的にそちらを見れば、ゆらり、と覚束ない足取りの男が立っている。

あの物置小屋で見たのは魔獣だったけれど。

その背後に人がいるであろうことは気がついていた。

手足を縛るなんて、魔獣にできる訳はないから。

サクラの考えに正解を与えるように、男の背後に影のごとく立つ黒い獣がいた。

やはり双頭。どこかの国では、地獄の門番と呼ばれる姿は、おぞましくはあったが、しかし、サクラが慄いたのは一人と一頭の関係性だ。

一見すれば、使い魔と主。

だが、並ぶ二つの影は、どこか不穏で。

肌を粟立(あわだ)てるサクラの弱気を見透かすように、白銀の小さな魔獣が、己よりもよほど大きいそれに向かって声なき咆哮を上げる。

それが気に入らなかったのだろう黒い魔獣もグルグルと威嚇の唸りを応えとした。

「……どうした……何があるんだ？……なあ、おい……どうしたんだよ」

黒の獣の様子に過敏に反応した男が、おろおろと声をかける。

「お前の言うとおり、この娘を攫(さら)ったんだから……怒るなよ……」

その瞳はどろりと濁り、口元はだらしなく空気を漏らしながら、獣に媚(こ)びるように言葉を綴(つづ)る。

「分かってるよ、このうるさい娘が嫌なんだろう、すぐに黙らせるから」

男の手がサクラに伸び、乱暴に掴み起こし、手にしていた小瓶が口元に寄せられる。

「っや……離して！」

手足を縛られた状態では、避けることは到底できようもない。

口の中に、どろりとした苦い液体が流し込まれる。

サクラの横に立つ子が幾度となく男に向かって牙を剝くが、淀んだ眼はサクラだけを見ていた。

黒い魔獣の瞳は苛立たしげに、小さな敵を見据えて、途切れない唸りを迸らせているのに。

男がおかしいのかもしれない。

だが、思い返してみれば。

この子が現れてから、屋敷の者達の誰か一人にでもその存在について尋ねられたことがあっただろうか。

どちらかと言えば大人しい子だ。

それに、声を出すこともない子。

それでもタオとはよく戯れていたのに。

なのに、ホタルやマアサをはじめ、誰にも聞かれなかった。

「……お前は……何者なの？」

尋ねたそれにもちろんその子は答えないが、心配げに男に投げ出された体の周りをうろうろしては、小さな舌でサクラの頰や手の平を嘗めて覚醒を促してくれる。

何者なのかは分からない。

でも、今は心強い味方に違いないのだろう。

そう思いながらも、口に含んだ薬には勝てず、再び意識を手放した。

8

皇弟殿下の寵妃様が消えた。

その状況に最初に気がついたのは、アヤメ付きの侍女だった。

アヤメに付いている者の中で最も若い彼女は、カイに対するアヤメの甘やかな感情も、それを起因としたサクラへの敵愾心（てきがいしん）も理解はしていたが、だからと言って、サクラに対する様々な態度はいたく理不尽なもので皇女の身勝手さの現れであることも分かっていた。

とは言え、それを窘めるのは、もっぱら皇女の乳母でもあった最古参の侍女であり、度が過ぎると判断すれば皇妃陛下がその役割を担っていた。

新参者である彼女は、皇女に直接物言うことはできなかったが、アヤメが衝動的にやってしまった意地悪を少しでも和らげようと暗躍するのが常だったらしい。

この日も友人を招いての勉強会の側で控えつつ、その会話に聞き耳を立てていた。

内容は、当たり前のように皇弟妃殿下が鞘ではなくなったらしい、というものだ。

大人達が陰で囁いていることを、可愛らしい声がなぞるのは、正直なところ背筋が冷えるものがあったという。

そのうち、アヤメが呟いた。

「鞘ではなくなったのなら、カイの側にいる必要なんてないわ」

それは叶うはずもないアヤメのわがままだった。

もちろん皇妃がいれば、その言葉を咎めただろうが、そこにいた令嬢達は、ただそれに同調するような声を上げるだけだった。

そんな中、誰かが言ったのだ。

「アヤメ様、私、いいことを思いつきました」

そうして少女が口にした言葉は、侍女の耳に確かに届いた。

正直なところ、くだらないと一蹴して良いような低次元な嫌がらせだった。

諭すことなどできる立場ではないし、変に邪魔をするのも、少女達を煽るだけのように思ったから、侍女はアヤメ達が向かった庭の片隅に、少し時間をおいて訪れたのだ。

庭を抜けて使用人しか通らないような小道を進んだ先にある粗末な小屋。

あそこに皇弟妃殿下を閉じ込めましょう、なんて、本当に何の意味があるというのだろう。

そんなことを思いながら、辿り着いた小屋の粗末な扉を幾度かノックをしてみた。

返事はなく、もしかして気を失っていたりしたら大変だと、慌てて簡易な閂(かんぬき)を抜いて扉を開けた。

が、そこには誰もいなかった。

積み上がる麻袋と、幾つかの道具。

それらが整然と並ぶだけで人気はない。

もしや、少女達は思い直したのだろうか。

それならばそれに越したことはない。

そう思いながら、近衛兵や侍女達に探りを入れて――

皇帝の私室に集った皆は険しい顔でその報告を聞いていた。

件の侍女は結果としてサクラが皇城を去った形跡がないにも関わらず、その姿が皇城内にないと判断し、己の上司である侍女頭に相談した。

侍女頭もまた、騒ぎ立てることを望まず、秘密裡にラジル邸にまで使者を送り、そして、ここでカイはサクラが皇城に姿なく、いまだ帰っていないことを知るに至ったのだった。

そして、今、カイの目の前にアヤメがいた。

カイの隣には皇帝、皇妃が座り、そして、部屋の壁際にはシキが立っている。

皇女として多くの甘やかしを享受してきたアヤメであっても、言い逃れが許されないことは早々に悟ったのであろう。

血の気を失った面でサクラを小屋に閉じ込めたことを認めた。

「サクラがいなくなれば良いと思ったの。鞘ではないのだもの。もう、いらないって……そう思ったの」

血の繋がった少女から告げられる言葉は己への慕情から来るものだ。

それがサクラへの悪意に繋がっていることを理解しながら、幼い少女だから、兄帝の娘だから、と見逃していたことを、カイは悔いていた。

それは表情にこそ現れなかったが、その静かなる悔恨は、集った者へと重く圧し掛かる。

「貴女(あなた)は……私が思っていた以上に幼いのね」

皇妃の言葉に、アヤメの肩がびくりと揺れる。

皇妃譲りの瞳が縋るように母を見て、前に座る父に移り、そしてカイのところへと一瞬過り、だが、すぐさま俯く。

その表情は今にも泣きだしそうで、だが、泣いても許されないと分かっているのであろう、ぐっと堪えているのが見て取れる。

大丈夫だ、などと言う気はない。

ましてや許すなどとは絶対に言わない。

だが、この少女は、利用されたのかもしれない。

ならば、きちんと話をさせなくてはならない。

「……あのようなところに小屋があることを、お前はどこで知ったのだ？」

カイの考えを読むような、兄帝の問いかけだった。

アヤメが俯いたままであることを、誰も咎めず、かといって宥めることもないまま、静かに時が過ぎていく。

その一刻一刻が惜しくはあった。

それでも、そこに集った大人達は、アヤメが自ら答えることを待った。

「……カリン嬢に聞いたわ」

さほどの時をおかず、アヤメは一人の令嬢の名前を口にした。

それを聞いて、壁際に控えていたシキがすぐさま部屋を出て行く。

一方でカイは違和感を覚えていた。

アヤメでさえ存在を知っていたのか疑わしい庭園の外れにある小屋だ。

それを、取り巻きの令嬢の一人が知っていた。

何故。

同じような疑問を抱いているのであろう兄が視線を寄越すのに、頷いた。

「お前は部屋で大人しくしていなさい」

ガイの一言で、アヤメは迎えに現れた侍女頭に付き添われて部屋を出て行かざるを得ない。

何か言いたそうな視線をカイに向けてくるが、カイはそれを黙殺した。

アヤメと入れ替わるようにして。

「カイ様」

先ほど姿を消したシキが現れる。

「……カリン・レイストン嬢ですが、帰宅された途端に高熱で倒れたそうですよ。意識が朦朧（もうろう）としていて、とてもではないですが話を聞ける状況ではないようです」

シキの報告に、ガイはほんの少しの間をおいて。

「レイストンか……財務の書記官補佐で謹厳実直な男だ。サクラの失踪に絡むような人物ではないのは私が保証しよう」

カイは頷いた。

兄の人を見る目は信用しているから。

「アヤメがこの状況で嘘を言うとは思えませんが……カリン嬢は控えめで物静かなご令嬢よ……そんなことを、率先して口にするような少女ではないわ」

皇妃はそれを告げ、あとは疲れたように、額に手を当てた。

「君ももう休みなさい」

その様子を見かねたのであろうガイの言葉に、少しだけ抗（あらが）うような視線を向けた皇妃は、結局のところ、ここにいても役に立たないことを察したのだろう。

立ち上がり、そして皇妃に相応しくないほどに深くカイに頭を下げて、部屋を出て行った。

いったい何が起きているのか。

少女達の悪意はあれど、謀略を感じさせない行為の裏で、何が蠢（うごめ）いているのか。

決定的な確信は何一つとしてないままに、カイはサクラの捜索を命じはしたが、ただ

見つかるのを待つつもりもない。

しかし、気味が悪いほどに。

起きていることが見えてこない。

重い沈黙が支配しかけた空間に扉を叩く音がし、現れたのはタキだった。

臣下の礼を慌ただしく済ませ、すぐさま口にしたそれは。

「庭師が一人消えました」

また、一つ、何かが蠢く。

「大人しい男だったようですが、今日はひどく乱暴な言動が見られたそうです……サク

ラ様のことに関係あるかは分かりません」

タキはそこで口を閉じたが、カイがそれを続けた。

「分からんが……何一つ取り零すな」

タキが頷き、シキと共に再び部屋を出て行った。

またも静寂が訪れた部屋の中。

カイは左手に握った剣を見た。

破魔の剣。

その使い手である己と。

そして、鞘であるサクラ。

それが、始まりであったことを否定はしない。

鞘など——サクラなど不要と思っていたこともあった。

あの頃であれば、剣を残して姿を消したサクラのことを探しはしても、これほどの焦燥に苛まれることはなかっただろう。

今は、剣があることが疎ましいとさえ。

カイは剣を右手に握った。

何故、お前がここに在る。

斬るべき敵。

狩るべき魔獣。

それがどこに在るというのか。

思い切り振り上げて、勢いよく床へと突き立てた。

ただ、苛立ちに任せた衝動的な暴挙だ。

破魔の名を戴く剣は微かな刃こぼれをすることもなく、そして、カイの怒りを受け止めるかのように磨き上げられた石の床へと突き刺さり、そこから幾筋もの亀裂を描いた。

その一筋は、ガイの足元にも届いたが、兄帝は何も言わない。

カイは剣を握り締めたまま、跪く。

祈りを捧げる人のように。

だが、口にするのは一度として信じたことのない神の名ではなく。

「サクラ」

もちろん返事はない。

「サクラ」

お前に言わねばならない。

カイの握る剣を見て、表情を曇らせるサクラに言いたかったのだ。

お前が側に在れば良いのだ、と。

そうあれば、剣が刃を晒そうと、この手に柄を握ろうと。

お前が側に在れば、この身は満ち足りた人となり得る。

9

次にサクラが目覚めた時、やはり、そこは慣れたラジルの屋敷ではなかった。

どれほど時間が流れたのかは定かではないが、気を失う前よりも少しばかり明るい場所を見回して、これがどこかの洞窟に設えられた牢だと気がつく。

幸いなことに手足の拘束は解かれていたが、触れてみた柵は固く揺らぐことなく、サクラの戦意を早々にへし折った。

項垂れて膝から崩れて。

泣き叫ばずに深呼吸ができたのは、白銀の子が側にいてくれたから。

「……シャオ……ね、お前の名前、シャオって呼んでも良いかしら」

語りかければ、首を傾げて見上げてくる。

いつかいなくなる子。

だから、名前は付けないでおこう。

そう思っていたけれど、ここでは、この子が唯一の味方だ。

「シャオ」

もう一度、呼びかける。

通じているのかは分からないけれど、シャオと名付けた白銀の魔獣はサクラの鼻先に濡れた自分のそれをチョンと合わせてくれた。

サクラを攫ってここへ運んだのであろう男は、サクラが目覚めてまもなく食事や水を置いていった。

意思を感じない淀んだ瞳。緩慢な動作で手足が動く。

小さな頃に見たからくり人形のような不気味さがそこにはあった。

そんな男が準備した食事を目の前に、手を伸ばすことを迷うサクラだったが、シャオと名付けた白銀の子がクンクンと鼻を寄せて匂いを嗅いで、食べても大丈夫だと言うように前脚で器用に呈してくれた。

その仕草の愛らしさに、ふと笑みが零れる。

ああ、まだ笑える。

サクラは、シャオを抱き上げた。

何が起きているのかは分からない。

それでも生きて帰らなければいけない。

サクラはそう自らに言い聞かせ、シャオを信じて、食事を口にした。

閉ざされて、朝晩の区切りが曖昧な空間。

何度目かの粗末な食事。

疲れて落ちるように眠り、何かに脅されたように慌てて起きる。

「……カイ様」

小さな声で、心の支えを呟く。

「ホタル」

いつでも寄り添ってくれる幼馴染の侍女の名も。

『どんなに遠く離れていても、サクラ様の声は見つけてみせます。どんなに小さな声だって、聞き逃したりしません』

そんな風に笑って言うホタルを思い出しながら。

でも、何も答えはなくて。

心が折れそうになる。

カイはいない。

ホタルもいない。

一人になってしまえば何もできない自分。

ツンと鼻の奥が痛んで、ぐっとこみあげてくるものを抑え込む。

泣くな。

泣いたって、どうにもならない。

泣いたら、疲れるだけ。

そう思っても、涙が零れそうになった時。

やはり救ってくれるのはシャオだった。

前脚がサクラの膝にかかり、ぐっと体を伸ばした白銀の魔獣がサクラの頬をぺろりと嘗めた。

「シャオ」

サクラはほっと息をついて、その子を抱き上げようとして。

「……お前、また、大きくなった？」

初めて見た時、その四肢の骨太さから、大きくなる子であろうとは想像していた。

だが、ここでどれだけの時間を過ごしたかは定かではないが、かつてアシュほどではないにしても小さな存在と思っていたそれは、今やサクラが抱き上げるのを戸惑うほどに大きくなっている。

目に見えるほどのスピードで。

まるで、サクラがその名を呼ぶごとに育つかのように。

膝の上で丸くなることさえ困難なほどに大きくなったシャオは、サクラの言葉に小さな頃と変わらない愛らしさで首を傾げた。

魔獣という存在だ。

そんなこともあるのかもしれない。

サクラは鬱々とした気分を払しょくするように、滑らかな白銀の毛並みを撫(な)でた。

10

サクラが姿を消して三日が経とうとしている。

当初、カイにあったのはサクラに害なす者達への怒りであった。

思い浮かぶのは、己の剣を見て物憂げな表情を浮かべるサクラ。

あの表情を払しょくできなかった悔恨と、今すぐ会って告げたいという切望。

一時、兄帝の前で爆発させたそれは、到底収まることなく身の内に燻(くすぶ)り続けカイを苛んだが、それでも冷静な軍神の貌を保ちつつ、サクラの捜索にあらゆる手を尽くした。

だが、それも日を追うごとに姿を変えていく。

怒りは焦燥に追い立てられてさらに大きく。

冷静さをかなぐり捨てて、荒ぶる雷(いかずち)を轟(とどろ)かせる軍神へと。

それは、サクラの無事を願う者達へと伝わり、異様な緊迫感を醸していた。

一つ間違えば弾けて嵐を巻き起こすのではと、何も知らぬ者にさえ危機を抱かせるまでに。

「聞こえません」

真っ青な顔をしたホタルが言う。

毎日、毎日、ホタルはその耳を遠くへ、さらに遠くへと飛ばしている。

仕えるべき主を見失った侍女は、ただただ、ひたすらに。

己の能力を惜しみなく、世界の全てに網を張り巡らすのに。

それほどに特別な耳を持つ娘は、しかし、そのたびに打ちのめされて項垂れる。

「……サクラ様の声を探すと、何かが邪魔をするみたいに雑音に遮られるのです」

やがて、そう告げた。

皇城に設えた一室には、代わる代わる事情を知る者が現れては、カイに報告し、タキに情報を確認して去っていく。

そのどれもが、何の救いにもならない中、ホタルの遠耳という能力は頼みの綱ではあったのだ。

サクラが消えたと知れた直後から、この侍女は延々と持ち得る力を以て、僅かな手がかりでもと探し続けてきた。

顔色の悪さに、ただでさえ細い体がみるみるやつれていく様に。

誰もが痛々しさを覚えながらも、その献身を知るからこそ止めることなく見守っていた侍女の降伏とも取れる言葉に、そこにいた者は息をのんだ。

だが、その中心に在るカイは、絶望よりも不可解さを覚えて僅かに眉を顰めた。

「カイ様……捜索を……ご遺体にまで広げますか」

誰もが言わない言葉を、誰かが言わねばならないというようにタキが告げる。

カイは激昂しそうになるのを抑え、そして静かにそれを拒む言葉を口にしようとして。

「そんなことありえません！」

ホタルが叫ぶ。

疲弊した体を起こし、タキに詰め寄る。

「サクラ様の声は在るのです！　追いかければ、届きそうになるのです！」

叫んだ衝撃に揺れる体を、シキが支える。

「ホタル、落ち着いて」

だが、シキの言葉など聞こえないようにホタルは叫ぶ。

「サクラ様の声は在ります！　だから、サクラ様は……」

「ホタル」

カイは妻の幼馴染であり、親友である娘の名を呼んだ。

ホタルの視線がカイに向く。

愛らしい顔立ちのはずのホタルの表情は怒りと焦燥に歪み、心配に揺らぐ瞳は縁取る隈の中に沈み込みそうだ。

この娘の表情は、カイの内に渦巻く感情を、そのまま映し出す鏡だ。

だからこそ、カイは自らを鎮めるように、娘に願った。

「……お前の耳がサクラを追えないというなら……お前の遠耳では聞こえないことを思い出せ」

ホタルはびくりと身を固めた。

カイとて、内は怒りに満ちている。

焦りはじわじわと怒りを取り込みながら、なおも広がり積み上がっていく。

だが、そこにあるかもしれない何かを、それらに呑み込まれて見逃してはいけないのだ。

「サクラの身辺に変わったことはなかったか？　剣がサクラの元に戻らなかった頃からだ」

ホタルの体から力が抜ける。

シキに支えられながら座り込んだホタルは、瞳を伏せた。

それと同時に耳を閉じたのであろうことを察して、カイは待つ。

剣を受け入れないサクラ。

ホタルの耳を遮るという雑音。

そこに何がある？

いや、通じるものがあるのかさえ、定かではない。

ただ、カイが感じてやまない違和感がそう尋ねさせていた。

ホタルが記憶を探るのを邪魔しないようにと、カイはゆっくりと窓辺に向かう。

途中、嫌な役目を買って出たタキの肩をポンと叩き。

辿り着いた窓から見えるのは夕暮れ時の赤い日。

その紅の空に、一点の影を見つけた。

「タオ」

皇城の屋根を疾走する姿に、その名を口にする。

「タオ……あ」

ホタルが反応した。

「カイ様がいらっしゃらない間、タオとアシュが現れました。あの子達はずっとサクラ様のお側に侍(はべ)っていて、それはいつものことですが……でも、あの時、時々、サクラ様がもう一匹いるような様子を見せることがあって……姿は見えませんでしたし、音も何も聞こえなくて……私の気のせいかと思っていたのですが」

それが、何を意味するのかは分からなかった。

多分、ホタルもこれに何か意味があるとは思っていないだろう。

タオ、から気がついたことを口にしただけだ。

「……見えない……魔獣？」

呟いたのはシキか、タキか。

見えない魔獣。

サクラにしか見えない？

知れない存在に何かあるかと答えの出るはずのない考えを巡らすカイの視界には、タオ。

そびえる尖塔を駆けのぼり、ここにカイがいることを知るように四肢を踏みしめ、こちらを見据えてくる魔獣。

カイは窓を開け放った。

聞こえてくるのは、カイを呼ぶような長く響く遠吠え。

そして、合図は済んだというように、尖塔を駆け下りていく魔獣の姿にカイへの未練はなく、だからこそカイもまた迷いは不要だった。

カイは破魔の剣を手放し、壁に掲げられた幾数の剣のうちの一本を摑み取ると、窓から飛び出した。

「カイ様！」

地上に降り立ち仰ぎ見れば、慌てた様子でタキが窓から見下ろすのが見えたが、今はタオを追うことだけに集中する。

あれはカイを呼びに来たのだ。

サクラの使い魔にあらずとも、サクラを希ってやまぬ魔獣。

カイに媚びることも、歩み寄ることもない魔獣。

それが、こうして現れたのだ。

ならば、追う以外の選択肢があろうはずもない。

途中、見かけた馬を馬丁から奪うように借り受け跨がって駆ければ、白い四肢にほどなく追いつく。

タオはちらりとだけカイを見やった。

「走れ……決して見失ったりはしない」

答えるように、タオの脚が大地を蹴った。

11

銀色の毛玉だったその子が一刻一刻と大きくなっていることは、もはや気のせいや勘違いなどではない明確な事実だ。

サクラが瞬きをするたびに。

一晩を浅い眠りで越すたびに。

タオの大きさには遠く及ばないとは言え、小さな子、と呼びかけるのが端から見れば滑稽なほどの大きさにまで成長している。

丸みを帯びていた顔立ちはマズルが伸びて凛々しさを備え、周りを彩る金のたてがみは王者の風格を漂わせつつある。

けれども、無邪気な愛らしさは相変わらずで、今もサクラの膝先にちょこんと顎を乗せてウトウトしている。

理由も分からないままに閉じ込められているサクラにとって唯一の救いだ。

硬質な輝きを放つ柔らかな毛並みをその大きさを噛みしめながら撫でると、満足げなため息に似た吐息がその鼻からプシューっと音を立てた。

だが、そんな穏やかな時は一瞬で消え去る。

耳が不意にピクピクと動き、今までの寛いだ様子が嘘のようにシャオは素早く立ち上がる。

サクラを護るように四肢を踏ん張る姿に、何が来るのかを予想してサクラは身を強張らせた。

いくらかの時間を経て、思ったとおりの男がのそりと現れる。

黒い魔獣は明らかにサクラに敵意を見せたが、この男はサクラがその視界に映っているのか分からないような虚ろな様子で、柵の隙間から質素な食事と水を差し入れ、すぐさま背を向けて去っていく。

今回も何事もなく過ぎたことに、ほっと息をついたサクラは、食事に目を向けた。

何度と用意されても、その食べ物に手を伸ばす時は迷う。

だが、食べなければ。

そんな葛藤を見透かすように、いつもならシャオが匂いを嗅いだ後、前脚でサクラの前に差し出してくれるのだが。

ガシャン！

激しい音が鳴り響いた。

この日、シャオの前脚は食事をサクラに向けることなく、勢いよく弾き飛ばした。

初めての乱暴な行動にびっくりするサクラの耳に、どかどかと忙しない足音が響き、先ほど背を向けて去った男が再び目の前に現れる。

「……お前、何した」

男の手がサクラに伸びる。

鈍い音を立てながら、男の体は柵に阻まれて、その手がサクラに届くことはない。

しかし、サクラは慌てて男から逃れて、牢の奥へと走った。

「……何故、食べない」

うろのような目。

なのに、奥の方がランランと輝いて。

「お前、殺す……それを食べれば、お前死ぬのに」

明らかなサクラへの殺意を言葉にしながら、男の手がカチャカチャと鍵を外すのを、絶望的な思いで見つめる。

「近づかないで」

牢に入ってきた男がサクラへと歩いてきた。

間にシャオが立って牙を剝くも、男の目にその存在は映らないように、サクラに向かう。

やはり、見えていないのかもしれない。

もはや大型犬にも劣らない大きさのシャオが男を威嚇する様子は、間近で対峙すればそれなりに恐怖を煽りそうなものなのに。

いや、男の様子の異常さを考えれば、どれが正解かはサクラには分からなかった。

すぐに辿り着く牢のその奥には逃げ場はなく、男の隙をついて扉に向かうには、あまりにサクラは無力だ。

どうしよう。

どうすればよい。

ドクドクと頭の横で脈打つ鼓動の合間に、グルルル、と唸る声が聞こえた。

獣が相手を脅すために放つその声は、初めて聞くものではない。

だが、今、声を上げたのは。

「シャオ？」

初めて、その子が声を出したのだ。

可愛らしい甘えるものではないことを残念に思う余裕があるはずもないが、男がその声にピクリと反応したことに気がつくほどにはサクラに周りは見えていた。

「……シャオ……」

もう一度、呼びかければ、それに答えるように、シャオはさらに大きな鳴き声を男に浴びせる。

そして、男の目が大きく見開く。

「お前、どこから入ったあ⁉」

シャオが男の目に、今、初めて映ったのだとサクラは確信した。

しかし、それをさらに深い思考へと流し込むには、場が騒がしい。

男にとっては突如現れたのであろうシャオに向かって、荒々しい叫び声を上げながら腕を振り被った男に対して、シャオは怯むことなく飛び掛かりその首元へと食らいつく。

まるで、この反撃の時を待っていたかのような的確な攻撃に男は倒れ込むが、しかし、圧し掛かり追撃を試みようとしたシャオは不意に現れた黒い影に弾き飛ばされて、幼気さを残す悲鳴を上げた。

「シャオ！」

サクラは思わず転がるシャオに走り寄る。

シャオはすぐさま立ち上がり、サクラの背後に立つ黒い影に対峙した。

あの魔獣だ。

間違いない。

物置でサクラに敵意をむき出して唸っていた。

男に従うでもなく、むしろ操るかのような。

双頭という異形を差し引いても、そこはかとない不気味さをこの魔獣に覚えて、サクラは身を震わせた。

シャオが魔獣に唸り吠える。

大きさであと一歩及ばないとは言え、シャオの勇敢な牽制(けんせい)は黒い魔獣を一歩退かせた。

だが、憎悪を感じる視線は、ひたすらにサクラに向けられている。

ハアハアと荒ぶる息が聞こえてきて、なおさらにサクラの身が竦(すく)んだ。

しかし、それでも。

「シャオ」

たとえどれほどに恐ろしい相手であろうとも、今は、サクラの前で、自分よりも大きな敵に向かって声を上げる子が心配で、手を伸ばせば、獣があからさまな威嚇の咆哮を上げた。

それに負けじとシャオも、幼さを残した声で精一杯吠え続ける。

サクラは、ふと気がついた。

不思議なことに、黒い魔獣はシャオを前に、いくらか怖気づいたように、一定の距離を保ち、近づいてこないのだ。

だが、見出したかのように思えた希望は、倒れていた男が立ち上がったことで、すぐさま消え失せる。

黒い魔獣の片方の頭がふらふらと立ち上がった男に向かって一声吠えた。

男はカクンと一瞬動きを止め、次の瞬間シャオに向かって突進してきたのだ。

その動きは人のものとは思えないほどに獣じみた俊敏さで。

シャオは避けきれずに弾き飛ばされ転がった。

「シャオ！」

サクラは力をなくした白銀の魔獣を抱き上げた。

ぐったりとした体は、大きさなど関係なく頼りなく痛々しい。

だが、慰める間を与える気はないであろう魔獣が背後で猛々しい声を上げた。

シャオをぐっと胸に引き寄せて、サクラはそれと向き合った。

ギラギラと四つの紅の瞳がサクラをねめつけていた。

敵意、憎悪、殺意。

それはアルクリシュでのあの獣の視線にも似ている。

剣を身の内に抱いたサクラへの魔獣のあれ。

剣のない、何の力もない凡庸な娘であるサクラに、今はそれが向けられている。

シャオへと一撃を食らわした男は、先ほどの俊敏さが嘘のようにふらふらと揺れながら歩き、魔獣の横に立った。

魔獣が小さく声を出し、それが何かの命令であるとばかりに、男が一歩サクラに近づく。

シャオを抱きしめて、サクラが一歩後ずさる。

数歩と下がったところで、窪みに足を取られてサクラは倒れ込んだ。

男はサクラが躓いたことなど知らぬげに、歩調を変えることなく近づいてくる。

もうだめかもしれない。

何が自分の身に起きているのかも分からないまま。

自分自身では何一つ動けないまま。

薄汚れた手が自らのズボンのポケットを探り、小瓶を取り出した。

その蓋が外される。

あれを飲まされて、私は死ぬのか。

サクラはシャオをぎゅっと抱き寄せた。

いいえ、諦めてはいけない。

カイ様の元に戻るのだから。

私には何の力もないけれど。

剣がこの身の内になかろうとも。

私はカイ様の傍らに在りたい。

その想いは、僅かにも欠けてはいないのに。

弱い私は、一時、カイ様の手を拒んでしまった。

だから、戻らなければ。

もう二度とその手を離したりしないと。

もう一度誓うのだ。

腕の中の白銀の魔獣が少し身じろぎ、気がついたように黒の魔獣が脚を苛立たしげに踏み鳴らす。

庇(かば)って胸の内へ内へと抱き込みながら、サクラは必死に立ち上がった。

魔獣と男を初めて真正面から見据える。

「私は、サクラ・ラジル。帝国キリングシークの皇弟にして漆黒の軍神であるカイ・ラジル・リューネスの妃です。貴方は私が誰かを知っていて攫ったのですか」

言葉が通じる者達ではないだろう。

だが、サクラは自らを奮い立たせるために、声を上げた。

男の歩みが止まる。

「貴方は何者なのですか」

男の目を見て問えば、空洞の瞳が僅かに意思を持って揺らいだようにも見えた。

「貴方の目的は何なのですか」

黒い獣が激しく吠え立てる。

過ったように見えた男の意思は瞬く間に消えて、サクラに向かって手が伸びる。

避ける間もなくサクラは男に髪を摑まれ、地面へと引き倒された。

痛みに呻きながらもシャオを庇って抱きしめた、その時だ。

ゆらり、とサクラの腕の中から何かが伸びる。

一本、二本、と揺らぎながら増えていくそれは、白銀の光の筋。

「……なに？」

思わず呟き、光の元を辿ればそこには目を覚ました白銀の魔獣。

光の筋は、サクラの腕に在る白銀の魔獣から伸びていた。

「シャオ？」

美しい毛並みと同じ彩りを持つ幾筋もの光は、サクラが名付けたその名を呼べば、答えるように揺れて、輝きを増していく。

やがて、細く長い無数の光は絡みあい、さらにさらにと伸びて。

眩さにか、手の平で顔を覆った男がよろめいた。

魔獣が剣呑さに満ちた声で吠える。

「シャオ……これは貴方なの？」

シャオはサクラの腕の中から滑り下り、再び、黒い魔獣とサクラの間に立った。

シャオを失ったはずの腕には残光が、ゆらゆらと揺れてはサクラを護る騎士のごとく身を構える魔獣へと。

いや、違う。

サクラは自身の腕をシャオへと伸ばす。

その指先からは途切れることなく光が生まれ、シャオへ繋がり強さを増しながら広がっていく。

やがて、シャオの身が白銀の光に同化して、その存在が曖昧になる。

黒い魔獣の雄たけびが幾重にも重なって聞こえ、サクラへ向かって飛び掛かってくるのが見えた。

「シャオ！」

サクラが呼んだその瞬間。

もはやシャオの姿は光に溶け込み消えたかのように。

だが、一瞬、シャオの姿が揺らいだかに見えて。

次の刹那。

光は一筋の閃光へと姿を変えて、黒い影を射貫(いぬ)いた。

黒い魔獣の二つの悲鳴が空間に木霊した。

霧散する光の粒がハラハラと地に落ちていく。

やがて、牢の中に薄暗さが戻った頃。

男がゆらりと立ち上がった。

その目はやはり男が正気ではないことを語っており、もはやそれに落胆することもなく、サクラは必死に立ち上がった。

逃げなければ。

辺りを見回しても、光の欠片(かけら)も、シャオの姿もない。

　それでも男から離れようと一歩踏み出すサクラの前、黒い魔獣がふらふらと立ち上がる。

　ぶらり、と力なく揺れる一つの頭。

　だが、もう一つの顔は、恐ろしく歪みながら。

　一人と一頭がサクラへと近づいてくる。

　男の手が胸元から、短剣を摑むのをなす術もなく、見つめる。

　サクラは終わりを覚悟しながら。

「カイ様」

　最愛の人の名を呟く。

　男が短剣を持つ腕を振り上げるのに、覚悟を決めて目をつぶる。

　あの時――それから、反省して――告げられなかった言葉を、届かなくとも綴ろうと。

「サクラ！」

　最期の時に聞こえるのは幻聴だろうか。

「サクラ！」

　今度はもう少し近くで聞こえた。

まさか。

そう思いながらも目を開ければ、短剣を振り上げた男がいて。

やはり、あれは死を目前にした幻だったのだ、と絶望したその時に。

目の前にいた男がドサリと倒れる。

そして、倒れた男の向こう側には。

「サクラ！」

そこに立つのは、会いたくて会いたくて、最期のその時まで思い浮かべたサクラの最愛。

誰もが無表情と言うその端整な面に、しかし、サクラを見つけた安堵と、まだ敵がそこにいるという緊張感が浮かんでいることを見逃したりはしない。

カイの腕が伸び、サクラは強く引き寄せられた。

だが、ぐっと抱きしめたのは僅かな時間。

「……話はあとだ」

言うなり、カイはサクラに背を向けて、剣を構えた。

分かっている。

足元に倒れる男とは別の敵が、まだ、いるのだ。

すぐ、そこに。

カイの背中越しに見えるそこには、黒い魔獣と純白の魔獣——タオが、身を低くしてお互いを牽制しているのが目に入った。

だから、サクラもカイに再会できたことで力が抜けそうになる体を叱咤して、しっかりと立つ。

「はい」

答えれば、少しだけ振り向いて、目元を緩めたカイと視線が絡んだ。

と、その瞬間だ。

サクラの周りを突風が吹き荒れる。

結う者のいなかった髪は、激しい風に煽られて、いつになく上へ上へと舞い上がりサクラから視界を奪っていく。

先ほどの絶望の闇とは違う、この嵐に誘われる帳の末に訪れるものが何であるかを間違うはずがない。

何度となく受け入れてきたそれ。

この数日間は、喪失感に苛まれた——破魔の剣の存在。

「カイ様！」

風がやみ、確かに身の内にそれを感じてサクラは叫んだ。

「ああ」

カイが頷きながら、構えていた剣を傍らへと突き立てた。

「タオ！」

カイの呼び声にタオはピクリと耳を動かし、黒い魔獣は見えぬ破魔の気配を察したように毛を逆立てた。

一歩と踏み出しながら。

「退(ひ)け。それは俺の獲物だ」

何も持たない右手を掲げるカイが命じる。

カイの背中を見送るサクラの髪がゆらりと揺れて前兆を告げて、すぐさま。

戻る時と同じような風を巻き起こして、破魔の剣が使い手の招きに応じるのを、舞い上がる己の髪の合間から、サクラは見た。

漆黒の軍神が降り立つその時を。

魔獣が咆哮を上げて、カイへと飛び掛かれば、剣が光を放つ。

先ほどの光よりも清冽(せいれつ)なそれは、黒い魔獣の生ける頭(かしら)を、斬り払った。

ドサリと重々しい音を立てて倒れ込む黒い影を背に、カイがサクラへと歩み寄る。

サクラの傍らにいたタオが静かに去っていく気配を感じながら。

「……サクラ……」

呼ばれて、カイの方へと歩み寄ろうとするのに、膝がカクンと崩れて落ちそうになるのを、力強い片腕にすくい上げられる。
サクラは両手を伸ばして、目の前の夫にしがみついた。
ごめんなさい。
愛しています。
言いたい言葉はいくらだってある。
だが。
「……おかえりなさいませ……カイ様」
まずは、この言葉を。
軍神として戦地に赴いた方が、私の傍らに戻ってきたことに喜びを。
片手に刃を晒した剣を手にしようとも。
今こうして、腕の中にいる愛する人を、ただ、受け入れて。
「ああ。ただいま、サクラ」
二人の周りを、つむじ風が囲いこむ。
カイの右手がサクラを強く抱きしめた。

12

あの後、サクラはカイの腕の中で昏倒し、数日の間、高熱に浮かされ、意識が戻ったのは、大概のことに沙汰が下された後であった。

聞いたところによれば、アヤメをはじめとした数人の令嬢は、自宅謹慎を言い渡されたという。

皇弟妃殿下への害意を思えば軽すぎるそれは、サクラが目覚めるまでの暫定処置であったようだ。

当然ながら、サクラの意識がない間も、あらゆる方面の者達がこの事件の解明に奔走していたが、結局のところ、悪意があったとは言え、些細な悪戯とも呼べるような少女達の行動を、何者かが利用して起こした誘拐であること以外は、その真相が何一つ解かれないままという状況。

ましして、あの黒い魔獣とそれに操られるかのような男という異端性を目の当たりにしたサクラとしては、幼い少女達への厳罰を求める気持ちがあろうはずがない。

様々な思惑が交差した結果、自宅謹慎と奉仕活動というところに落ち着いたそれに、アヤメ本人は「サクラに感謝などしなくてよ！」と発言して、両親にこっぴどく叱られていたし、「もう少し重い罰を与えれば良かった」と、カイも呟いていて、サクラは少し笑ってしまった。

だが、その後は笑えない話ばかりだ。

アヤメを唆したとされる令嬢については、高熱が続き、一時は命も危うい状態であったという。サクラと前後するように、ようやく意識が戻ったとの報告がきたものの、皇城での出来事は何一つ覚えていないそうだ。

以前と何も変わらない、少々気弱で物静かな令嬢は、しかし、自ら望んでアヤメの学友という立場を辞して、領地へと赴くことになった。

その意思は彼女らしからぬ断固としたものであったようだ。

サクラを攫ったとされる男は、投獄された牢の中で息を引き取った。

一介の庭師が、皇族を護る強固な警備をどう掻い潜ってサクラを城から連れ出したのか。

男の傍らにいた黒い魔獣はなんだったのか。

何一つ、語らぬままに。

話を聞くために、カイは憤怒を堪えて男に死を与えないほどの傷を負わせたはずであったし、罪人とは言え手厚い手当も受けていたはずであったのに。

見えぬ鎖があるように自らの喉をかきむしり、溺れる人のように藻掻き、救いを求めるかのように宙に爪を立てる。

残り僅かな命と引き換えに、ひっきりなしに叫ぶのは意味をなさない言葉ばかりで。癒えつつあったはずの身から血潮を吹き出すように衰弱していき、最期は何かに魂を無理やり引きちぎられるような。

数々の死を見送ってきた者達が思わず目を背けた死に様だった。

今となってはその男が、皇城で働く庭師で、あの物置小屋に馴染みこそあれ、しかし、日頃は目立たない物静かな存在であり、もちろん、魔獣を使役するなどという話は、まったく聞こえてこなかったという事実だけが残った。

決して終わっていない、それでも事の顚末を聞き終えて、サクラもまた自らの知ることをカイに話し始めた。

あの日、アヤメ達に小屋に閉じ込められたのは、カイが聞いたとおり。

そこには、黒い魔獣がいたのだ。

サクラはすぐに気を失ってしまって、どうやって小屋から牢へ移動したのかは分からない。

目覚めた時には、あの男がいて。

そして、白銀の獣がサクラに寄り添っていた。

「あの子は……少し前にそこに現れたの」

ようやく、ベッドから出ることを許されたサクラは、自室のソファに座り、そこを指さした。

あの日、初めてシャオが現れた窓辺。

アシュほどの大きさの小さな魔獣。

白銀の体に、金のたてがみを持つ、魔獣と呼ぶにはあまりに眩しい。

「光の化身みたいな子」

隣に腰掛けていたカイが、サクラの指先を絡めとって、そこに唇を当てる。

交わる視線の先には、心配げなオッドアイ。

ちゃんと微笑んだつもりだったのに、カイの瞳の中の自分はひどく弱々しくてサクラは強がるのをやめた。

「カイ様。肩を貸して下さい」

甘える言葉と共に、安定感に満ちた夫へともたれかかれば、長い腕がサクラを囲いこみながら肩を抱いてくれた。

屋敷に戻ってようやく体に問題はない、と主治医は診断したが、それで皆の心配が払しょくされるかといえば、そうではないだろうとサクラも理解している。

貴族の令嬢として育てられてきたサクラが、数日もの間、岩牢に閉じ込められていたのだ。

体力的にも、精神的にも、いかほどの負担を強いられたか。

必死だった当時にはなんとか保っていた気力は、愛する人の腕の中に戻ったと同時に崩れて落ちて、いまだ立ち上がることができないほどに疲弊していた。

それでも、話さなければいけない。

サクラしか知らないであろう、数々のことを。

「屋敷の誰も、その魔獣を見たことがないそうだ」

カイの言葉にサクラは頷いた。

タオやアシュもサクラに寄り添ってはいるものの、元来、魔獣は人と相容れない生き物なのだ。

屋敷にあっても誰も彼もがタオ達と接触していた訳ではないから、増えた小さな魔獣を知らない者がいたとしても不思議ではない。

ただ、サクラの周辺にはことさら気を配るホタルが見たことがない、ということを思えば、やはりその魔獣の姿は誰にも見えていなかった、と結論づけるのが妥当なのだろう。

「あの男にも見えていないようでした。あの子は、牢に閉じ込められた時からずっと側にいてくれたのだけれど」

うろのような目を持つ、息吹を感じないでく人形のような男。

時にその男の背後で、時にその男の傍らで。

どちらか主で、どちらが従なのか分からないような、歪で不気味な存在の黒い魔獣。

救いのように、サクラの側にいた白銀の魔獣が幻であろうはずがない。

サクラがあの場所で気丈に立っていられたのは、カイへの想いがあったからだ。

そして、その想いを見失わないように、とサクラの正気を支えてくれたのは間違いなく、その白銀の魔獣だった。

「タオは……あの子が見えていたと思います……」

初めて出会った時、サクラよりも先にシャオに気がついたのはタオだった。

アシュとシャオをよく体にじゃれさせていた様子からも、それが窺い知れるように思うのだ。

「でも、本当にそうかは……分からないわ」

言葉を交わすことはできなくても、タオと視線を交わせば何か分かるかもしれない。

しかし、剣がサクラに戻った今、しばらくはタオにも会うことはないだろう。

「……そうだな」

サクラは、これだけ話して、もう疲労感を覚え始めていた。

身を預けるカイもそれに気がついたのだろう。

「今日は、もういい」

休もう、と続けられるであろう言葉を。

「シャオ、と名付けたの。賢い子ですぐに名前を覚えたわ」

遮って続ける。

「……名前を呼ぶたびに大きくなったの。アシュみたいに小さな子だったのに、あっという間に膝に乗せられないくらい大きくなって……あの子が私を守ってくれていたのよ、きっと」

フワリ、と体が浮いた。

カイに抱き上げられたのだと気がついたものの。

両腕でこそ成し遂げることができるそれを留める気にはなれなくて、心地よい揺れの中、思い出す限りの話をする。

ごまかしきれない疲れ。癒すための眠気。愛しい温もり。あやすような揺れ。

「あの時……あの子の体と私の腕が光で繋がって……シャオが矢になって……」

意識がフワフワと漂い始めた中。

「……あの子が来てから……剣が戻らなくなったのかしら？……」

どれほどサクラの言葉が意味を成していたかは分からない。

「……私、シャオにまた会える気がするわ」


寝入ったサクラをベッドへと運んで横たえる。

あえて眠りに誘った中で、懸命に語る言葉は不鮮明で聞き取れないところが多々あったが、概ね、サクラの身に何が起きたのかは理解できたであろう。

不思議な白銀の魔獣。

サクラの元で驚異的な成長を遂げたというそれをカイは目にしてはいない。

だが、あれは見間違いではなかったようだ。

タオに導かれて辿り着いた薄暗い洞窟の中。

愛する娘が黒い魔獣と対峙するという光景を目の当たりにして、カイは戦慄した。

アルクリシュでも感じた脅威は、サクラへの想いを重ねて、さらにカイへと襲い掛かった。

幾千の敵が迫り来ようと、巨大な魔獣が立ちはだかろうと、決して怯むことのない心が恐怖に叫び声を上げそうだったその時に。

サクラの腕から放たれた白銀の光が、黒い魔獣を弾き飛ばしたのだ。

サクラの言う白銀の魔獣が姿を変えたという、光の矢は魔獣を屠ることはできなくとも、一時退けて、カイとタオに反撃の間を与えた。

「サクラ」

妻の名を呼ぶも、深い眠りに入ったらしいサクラは僅かな反応も示さない。

ふと不安になり、頬に触れれば、温かな体温と呼吸を感じ取ることができてほっとする。

頬に触れていた指を滑らせ、額にかかる前髪をそっと払いのけてから、そこに口づけを一つ落とした。

それから、長い長い髪を一房、手に取り、そこにも唇を押し付ける。

「お前の身に何が起きているのか」

時期と状況を見れば、その白銀の魔獣がサクラの側にいたが故に、破魔の剣がサクラの元に戻らなかった——戻れなかった、と考えることもできるが、確信に繋がる手がかりは何もない。

「……お前の行く末には、何があるのか」

サクラ。

平凡であったはずの娘。

破魔の剣の鞘として、カイの前に現れ、そして今や何ものにも代えがたい愛する人。

「サクラ」

サクラにしか見えない白銀の魔獣。

剣をサクラから遠ざけたかもしれない存在。

だが、サクラの元で目覚ましい成長を遂げ、敵意を抱く魔獣を弾く矢と化したという。

「お前の身に何が起ころうとも」

今、こうして腕の中に収めてもなお、言い知れない焦燥がカイを苛む。

だが。

「俺はお前を離さない」

何があろうとも。

決して。

エピローグ

シャオという名を手に入れた、白銀の魔獣はひたすらに走っていた。

大きくなったはずの体軀(たいく)は元のように小さくて。

進んでも進んでも、なかなかそこに辿り着くことはできないけれど。

ただただ、走る。


知った世界では、こうして走れば向かい側から、同じ勢いで風が飛んできたけれど。

四肢で蹴る大地は、緑の絨毯ばかりでなく、時に固い石畳で、肉球に痛みを覚えたりもしたけれど。

ここには、何もないことを知ったシャオは、それを報せに走り続ける。

何日も、何晩も。

明るくなったり、暗くなったり。

暖かくなったり、寒くなったり。

これも、外に出て知ったことだ。

やがて、辿り着いたそこは、シャオが旅立ったその日から何も変わっていない。
揺れることのない草原。
落ちることのない葉を生い茂らせる大樹。
その根元には、眠り続ける白銀の魔獣。
シャオは、その魔獣の金のたてがみへと飛び込んだ。

さあ、語ろう。
ここを飛び出して知ったいろいろを。
立ち聳(そび)える建物。
そこを行き交う二本足で歩く生き物。
シャオを憎めてくれた白い魔獣。共に眠った灰色の小さな魔獣。
シャオに吠えた黒い魔獣のことも。
そして、シャオに名をつけて、シャオに力をくれた――
語り終えたシャオは静かに目を閉じた。
小さな魔獣はいずれ光の粒子に姿を変えて、眠り続ける魔獣に降り注ぐ。
刹那。

瞼を縁取る銀のまつ毛がピクリと揺れたようにも見えたが、やはりここにそれを語る者はいない。

吹かない風。
差さない光。
閉ざさない闇。
そして、白銀の獣は、まだ目覚めない。

天使の堕ちる夜

1日目―夜

どす黒く広がるのは紅の海。
己が狩った魔獣達の血が作り上げたその中に一つだけ。無残に食い千切られた屍(しかばね)が横たわる。

か細い月の光に浮かび上がる、それは男にとっての見慣れた光景。
人々が地獄絵図だと語る日常の中に、しかしながら今は異質な存在が一点。
光を放っているかのように見える『それ』は、ただ静かに座っていた。

魔獣に突き立てた剣を、無造作に引き抜きながら、イトは『それ』を眺めた。
少女か娘か。
いずれにしろ若い女だ。身動き一つしない。
一瞬、既に事切れているのかと思った。
しかし、僅かに上下する胸元に、『それ』がまだ命のある存在であると知る。
厄介事に首を突っ込んだ。

そう思わずにはいられなかった。

間もなく、ここには屍の匂いを嗅ぎ付けた魔獣や獣が集まってくる。ここに、『それ』を捨て置けば、数時間と生きながらえることなく、この光景のごく自然な一部になり得るだろう。

正気を失っているならば、それも良いかもしれない。

「おい」

イトは声をかけた。

俯いていた『それ』が、反応してゆっくりと顔を上げる。

状況を一瞬にして忘れさせる『それ』は——天使。

神などハナから信じていないイトでさえ、不覚にもそう思った。

僅かな月明かりの下でも、『それ』は輝くばかりに美しかった。

乱れていても煌めきを失わない長い髪。陶磁器のような——否、それより、なお、滑らかな白い肌。あらゆる芸術家が、どんなに腕を競おうとも、これ以上の作品を生み出すことはできないだろうと、そう思わせる端麗で、優美な目鼻立ち。

そして、何よりも。

『それ』は人外の者であるように。

『それ』こそが、この惨状の主であるかのように。

優雅に艶やかに微笑んだのだ。

イトに向かって。

背筋がゾクリとするほどの美しさで。

「あんた、正気か？」

思わず尋ねると、『それ』は再び俯いた。

「……分からない」

呟く声は、イトが知るどの女よりも透き通っていた。

「名前は？」と尋ねる。

知るためではなく、正気を確認するために。

「アオイ・オードル」

確かな答えに、正気を知る。

しかしながら、どこかで聞いた名と、そして、天使を彷彿とさせる姿に、思い至ったことが事実ならば、厄介事を抱え込む覚悟をせざるを得ないだろうと重い問いを口にする。

「キリングシークの軍神妃の妹か？」

彼女は、少しの間をおいて頷いた。

ならば、まさか捨てていく訳にもいかない。つい零れたのはため息だ。

キリングシークの『漆黒の軍神』。かの男はイトが自らの意思で跪く唯一の存在だ。

その寵妃の妹を捨てていくことは、いくら無法者を自覚するイトでもできない。

「立て……ここから離れるんだ」

座り込んだまま、彼女はイトを見上げた。

付いてくるかこないかは、彼女次第。付いてこないなら、それまでだ。

己の姿かたちが、貴族の子女の信頼を勝ち得るものではないことを、イトは重々承知している。

イトは判断を彼女に委ねた。

見下ろすイトの目の前で、彼女は立ち上がる意思を見せた。身じろぎ、膝をつき、しかし、それが崩れる。

その途端、彼女の瞳から涙が溢れ出た。

それが、イトに天使の幻影を振り払わせた。

「……立てないの」

訴えてくる姿も、美しくはあったが人外ではない。イトは、アオイの腕を摑んだ。

ガクガクと震えている。右手にある剣よりも、恐怖で硬直しているアオイの体の方が硬いように感じられるほどに。

先ほどの微笑みと裏腹に、アオイは恐怖に支配されているのだ。

ならば、これは人。

どんなに天使のように美しかろうとも、かろうじて正気を保っているだけの普通の人間だ。

イトは、屈むとアオイを担ぎ上げた。

普通の人であることを認めたのは、つい先ほどのことなのに。

腕や肩に感じる体は、羽があるのではないかと疑うほど軽かった。

アオイを担いだまま、かなりの距離を歩き続けた。

今夜中に森を出ることは無理だとしても、あの惨状からはできるだけ離れておくべきだ。

イトがこの森を訪れたのは、最近になって急に増えたという魔獣の狩りが理由に他ならない。

街道から遠く離れた森の奥深く。本来であれば、そこに小さな魔獣の群れが増えたからと言って、わざわざ狩りに出向くことはない。

だが、少し前から魔獣が不穏な動きを見せていることを考えれば、今回もどこかに大きな魔獣が潜んでいるかもしれない。

そんな思いで訪れた森だった。

だが、魔獣を狩りつつ進んだ森の奥深く。

そこにいたのは、剣を持ちながらも既に事切れた男と、その男に守られていたのであろう女だった。

イトに大人しく抱かれている体は、最初こそガクガクと震えていたが、時間が経つにつれ少しずつ強張りを解いていった。徐々に柔らかさを取り戻していく体を降ろして歩かせようかとも思ったが、縋るように首に回された腕がそれを躊躇わせ、結局イトはアオイを抱いたまま歩いた。

適当な場所を見つけ、アオイを降ろす。

離れようとするが、細い指がギュッとイトの衣を握ったままだ。

「……別に置いていきゃしない」

言うが、アオイの指は離れない。

「離れないの」

本人も戸惑っているように言う。

イトは無慈悲に、力でその手を外した。

アオイの手は、イトの衣を握っていた形のままで膝の上に落ち、その視線は、硬直したままの指先をじっと見ている。

イトは立ち上がり、近くに散らばっている枝を集めて積み上げた。パチンと指先を鳴らすと、小さな獣がイトの懐から顔を出す。

リスに似たそれは、主に呼ばれたのを喜ぶように跳ねながら、先ほどまでアオイがいた肩へと登る。

「遊んでないで、火を点けろ」

命じると、積まれた枝に駆け寄り、息を吹くように口元から小さな炎を出した。

炎が立ち上がったことに満足するかのように小さく鳴いた獣は、イトの肩へと戻ってくる。

「ちゃんと見張ってろよ」

イトが褒めるように獣の鼻先に口づけると、チッと小さな声で鳴いたそれは、一本の木の上に登っていった。

獣が登った木の根元に、イトは腰を下ろした。

手を伸ばしても届かない程度に離れて、アオイ・オードルがいる。

少女か、娘か。

改めて見てみても、はっきりとは分からない。

分かっていることは、彼女が飛びぬけて美しい容姿を誇り、そして、イトとは本来知り合うはずもない貴族の娘だということだ。

「あんたをどこに届ければ良いんだろうな？」

イトの言葉に、彼女は微笑みかけて、それに失敗した。

止まっていた涙が再び零れる。

「私……分からない」

「……どこに行く途中だった？」

アオイは首を振った。

それも分からない、ということか。

いったい、なんなのだ？

この女は、何故、こんなところにいるんだ？

あの魔獣に喰われた男は――遺品からそれが誰であるのか想像はついてはいるが――この女の何なのか。

ショックを受けてはいるようだが、連れと思われる人間が骸と化したことを嘆いているようではない。

イトはため息をついた。

とりあえず、キリングシークの軍神に報告する以外にないだろう。

「……寝ろ。今、あんたにできるのはそれくらいだ」

言いながら、自身のマントをアオイに放り投げた。

アオイは、しばらくイトを見つめていたが、そのマントを引き寄せて横になった。


眠れないだろう、とは思った。

この状況で眠れるほど、この女が図太いとは思えない。

イトから少し離れたところで、アオイは瞳を伏せてはいるものの、その体は再び震え続けている。

「……怖い……」

アオイは青ざめた顔で囁いた。

恐怖で怯えた顔さえも、美しいのか。

イトは小さくため息をついた。

「……怖くて当たり前だ。この状況で笑ってられる方がおかしいんだよ」

彼女は、目を開けてイトをじっと見つめた。彩りは緑。身が竦むほどきれいな瞳だった。

「……だって……皆が微笑んでなさいって言うの……そうすることが私の役目だと言うの」

なんだ、それは。イトは呆れた。

とは言え、この美貌ならば、それもありなのだろうか。

この女が微笑むだけで、幸せになる人間はいくらでもいるのだろう。それこそ、天使のように、微笑み一つで人を導くことができるのかもしれない。

だが、天使ではないのだ。

人としての感情があるだろう。

その感情を押し殺してまで、微笑んで何になるのか。

「微笑む必要なんてない」

イトは言った。

アオイは、意外なことを言われたと言わんばかりに目を見開いた。

「怖がって……震えていりゃいい。そのうち夜が明ける」

続けた言葉に、アオイは素直に頷いた。

体にかけてあったイトの衣を引き寄せて、身を縮める。

イトの大きなマントは、彼女の体をすっぽりと包み込んではいたが、その布地の中で、小さな体が恐怖に戦慄いているのが分かった。

「それとも……」

緑の瞳が開かれて、再びイトを見る。

「来るか？」

腕を広げた。

もちろん、本気ではない。

ちょっと試しただけだ。

天使と呼ばれる、しかし、誇り高い貴族の娘が、無頼者の戯言にどんな反応を示すのか。怒るか、恥じるか。

だが、アオイは身を起こしたかと思うと、僅かに戸惑う素振りさえなくイトの腕の中へと滑り込んできた。

「……おい」

硬直しながら、イトは呆れる。

アオイは、ただ、イトの胸元で震えている。

そこには、女として男を誘う素振りの一欠片もない。暗闇が怖い、と親のベッドに潜り込むただの子供だ。イトはため息をついた。

今日はいったい、何度ため息をつけば終わるのか。

「しょうがねえか」

乗りかかった船というやつだ。

無事にキリングシークに送り届けてやろうではないか。軍神に貸しを作っておくのも、悪くはない。

そう思い、木に寄りかかりながら、左手にアオイを抱き、右手に剣を引き寄せた。

アオイはイトに抱かれながら、瞳を伏せた。なんとか眠りにつこうとしているようだ。

こんな時、親ならばどうするのだろう。

両親を知らずに育ったイトには、それが分からなかった。だから、抱きついてきた体をやんわりと抱きしめた。

欲望のない抱擁など、初めてだ。

しばらくすると震えていた体が落ち着いていき、やがて、その呼吸が穏やかで大きなものに変わった。

「オードルの天使、か」

最近、どこかで聞いたようなそれに、ふと思い出したのは馴染みの騎士の言葉だ。

天使。イルドナスへの近道。

己には関係のない話と気にも留めず、天使というそれも騎士のいつもの軽口の一つと聞き流していたが。

出会ったばかりの男に、美しい寝顔を晒しながら抱かれて眠る娘は、確かにそう呼ばれるのが相応しいと思わざるを得ないほど美しく。
そして、人とは遠くかけ離れた存在に思えた。

キリングシークにて

カイ・ラジル・リューネスは、一段低い床に跪き、頭を擦りつけんばかりに平伏する男を見下ろしていた。

カイは、決して激昂する性質の男ではない。しかし、『漆黒の軍神』として名を馳せ、ましてや、実際に戦において、無慈悲に兵士を斬る姿を知っているこの男にしてみれば、今この時はまさに死を目前にしている思いに違いない。

「……では、この密告書にあるとおり、アオイ殿は行方不明なのですな？」

問うたのは、カイではなく、重臣の一人だ。

若い者が多い現皇帝の臣下の中、最年長であり宰相であるハクは、日頃の議事において、自ら進んで話すことは滅多にない。凛とした姿で座り、議事の行方を見守っているのが常だ。

しかし、この場において、彼は話さぬ訳にはいかない立場にあった。

「申し訳ございません！」

男は、これ以上は下がらないと思われた頭を、さらに下げるように身を低くした。

過去に、この男がどれほど尊大な態度で同じ場所に立っていたかを思い出しつつ、ハクはそっと玉座を見やった。

そこにはキリングシーク皇帝であるガイが、静かな視線をハクと男に注ぎながら座っている。その弟であるカイもまた、感情に流される気配など微塵もない悠然たる姿で、玉座の横に立っている。

キリングシークの双璧の姿に、満足と安堵を抱きながら、ハクは「して？」と男を促した。

「全力を挙げて捜索中でございます」

ただし、内密に、か。

男が言わなかった言葉を心の中で付け加えたのは、ハクだけではないはずだ。

アオイ・オードルが行方不明だと密告書により知らされたのは、つい先ほどのこと。

しかしながら、天使と呼ばれるほどの美しさを備えた娘が姿を消してから、既に時は十日を経ていると書面には書かれている。

「……今回の謁見については、そちらが強く所望されたものでしたな？」

ハクの言葉に、男はその少々太った体を震わせた。

「警備には万全を期しておりました」

弱々しい声で言うこの男は、同盟国イルドナスの大使だった。

イルドナスは、同盟国の中でも有数の大国だ。過去には、キリングシークを脅かした国の一つでもある。

争いに終止符を打ち、前王はキリングシークへの忠誠を誓ったが、少し前に跡を継いだ現王は、その若さ故か、少々血気盛んなところが見受けられる。ことあれば、キリングシークに取って代わろうという目論見(もくろみ)が垣間見(かいまみ)え、両国の間には嫌な緊張感が漂い始めていた。

そんな状況の中で、イルドナスから思いがけない申し入れがあったのだ。

アオイ・オードルを王妃として迎えたい。

天使の異名を持つ伯爵令嬢の噂は、国内に留まらず各国に広まっている。

しかも、今や彼女にはその美しさだけではなく、『漆黒の軍神が寵妃の妹』という付加価値まで付いてくる。

となれば、彼女の身上は、既に彼女自身や、オードル家が望まなくとも、キリングシークという国そのものに委ねられていると言って良い。

そして、この申し入れが国益になり得ると判断し、イルドナスとの話を進めていたのがハクだった。

「厳重な警備を掻い潜っての失踪。恐れながら、万が一にはアオイ様自らが……」

大使が言いかけた言葉を、ハクの穏やかな、だが決して譲らない声が遮る。

「アオイ殿に限ってはそのようなこと決してございませぬぞ」

老いても、さすがは大国を支える宰相だ。

恫喝された訳でもないのに、大使は慌てて平伏した。

「こうして無駄な時間を過ごすのは本意ではない」

カイは静かな声で、大使を威した。怒りも苛立ちもない、だが、底冷えするような静かな低い声。

大使は体をギクリと強張らせ、震えるか細い声で「……時期を同じくして、一人……衛兵が消えております」と、ようやくのように語った。

「その者が……アオイ様を連れ去ったと思われます」

皇帝は傍らに立つ弟を見上げた。

「動かせるか？」

皇帝の問いかけに、何をと返すことなくカイは頷いた。

「表立って動くことは両国にとって決して得策ではありますまい」

ハクの言葉を聞いた大使の顔に、一縷の希望が見えた。

しかし、それも冷たく見下ろす三人の視線で、一瞬にして消え去る。

「アオイは俺の方で探そう……秘密裡に、な」

カイは兄からの問いに、大使にも分かるよう声に出して答えた。

それを聞いて、ハクの背後でずっと沈黙を守っていたカイの側近が謁見室をそっと出て行く。扉の閉まる小さな音を聞き流して、ハクは続けた。

「この失態……いかような償いをされるおつもりか。本国とじっくりお話しされるが良いでしょう」

　男はもう一度深く頭を下げた。

　そして、真っ青な顔とフラフラする足取りで部屋を退出していった。


　この男が辞したのと入れ替わるようにして、二人の若者が部屋へと入ってきた。

　一人は先ほど部屋を出て行ったカイの側近であるタキ。もう一人は、そのタキとまったく同じ顔をしたシキという同じくカイの側近だ。

　二人は、玉座の皇帝と己の主、そしてハクにも一礼した。

　それに頷きで答えつつ、ハクは呟いた。

「しかし、見つからないとは」

　ため息を一つ落とし「……アオイ殿ならば、連れて歩けばさぞかし目立ちましょうに」と続けた。

「攫ったのは衛兵ではありません。実際は騎士、しかも出は侯爵家。かなり優秀な者です。名をお聞きになれば、ハク様もご存じかと思います」

タキの言葉はあまりに予想外で、ハクはしばし返す言葉が思い浮かばなかった。

「私も何度かまみえたことがありますよ。もっとも、もう二度と会うことはないようです」

シキが手の平を開いて、その内にあるものをハクに見せた。ハクはそれを手に取り、少しだけ目を見張る。

「形が残っていたのはこれと剣ぐらいで、あとは魔獣に襲われてズタズタだったそうです」

それは紋章の入った勲章だった。

イルドナスの国印と、騎士の証である剣が象られている。裏返してみると、そこにはハクも知るイルドナスの騎士の名の刻印があった。そして、本来は金や銀で細工された鮮やかなものであるはずだろうに、それは全体がどす黒い汚れに塗れている。

幾度となく戦に出向いている老臣は、それが血であることに気がつき騎士の末路を悟った。

「……いったい、これは？」

ハクはタキとシキを見た。

金髪と碧眼の公爵家の双子は、そっくりの顔に、随分と質の違う笑みを乗せてハクに答えた。

「件の侯爵家ですが、現王の強力な後ろ盾なのですよ。アオイ様を攫ったのがそこの三男……しかも、勲章を授与されるほどの功績を持つ騎士となれば、イルドナスの若き王の権威に大きな傷がつきましょう。イルドナスの王は即位して日も浅く、まだまだ盤石とは言い難い状況です。ここで、侯爵家に何かあれば、王の地位も揺るぎかねません。イルドナスとしては、名もなき一衛兵がアオイ様を攫ったことにして、侯爵家と王位を守りたいということで頭がいっぱいでしょうね」

タキの言うことは理解した。

理解はしたが、何故、そこまでのことをこの者は知り得ているのか。

ハクは、玉座の背もたれに寄りかかるカイへと目を向けた。漆黒の衣装に身を包んだ皇弟を、白と紫の衣装を身につけた皇帝も眺めている。

「アオイを探す必要はない」

カイはいともあっさりと言った。

「アオイはイトが拾った」

ハクは今までさほど表情のなかった面に、初めて大きな驚きを表した。

「イトと言うと……あの隻眼の狩人でございますか？」

魔獣狩りを生業とする、優秀な狩人。カイ以外の命令を一切受け入れない無頼の男だ。

「しかし、イトがアオイ殿を拾ったとは？」

カイの言葉はいつも端的だ。

それで全て悟ることができるのは、兄帝と双子の側近ぐらいだろう。

「今朝方、イトの使い魔がカイ様の元に参りました。こちらの勲章と共に耳飾りが届けられ、それについては先ほど、オードル卿にアオイ様のものと確認いたしました。イトの手紙にあった特徴から見ても、彼の保護した女性はアオイ様に間違いないでしょう」

タキの説明に「あのイトが『天使』だと書いてきてるんだ。間違いないだろ」と、イトをよく知るシキが付け加える。

ハクは、何が起きているのか、大体を察した。

そして、「この密告書は？」と手に持った書面を、ひらひらとタキに見せた。

既にそれは重要文書ではなく、小道具の一つに過ぎない。

「あ、はい。私が書きました」

子供が答えるように、手を上げたのはシキだった。

「私の筆跡はよくご存じと思いましたので」

しらっと答えるタキをちらりと見やり、その横のシキを眺め。

「……確かにお前の書いた書類なんぞ、とんと見たことがないな」

戦では頼りになるが、日頃筆を持っているところなど見たことのないシキの筆跡など、確かに知らぬ。

しかし、随分手の込んだことをするではないか。

「あの国に貸しを与えたくはございませんか？」

タキの笑顔に、ハクは眉を上げた。

それは、宰相にとって随分と魅力的な提案ではあった。

「イルドナスが二人を探しているのは事実でしょう。ただ、見つけた後は……そうですね、あちらが考えそうなことは、駆け落ちの挙げ句に心中……でしょうか」

事実を知る者がいなければ。

否、事実を知る者がいようとも、その口を閉ざし、塞いでしまえば。

アオイが自らの意思で姿をくらましたとの言い分も通るのか。

そして、イルドナスは僅かばかりの体面を保てるのだろう。

「それを、こちらから提案する訳か」

「……そこはあちらとの探り合いでしょうが……もちろんアオイ様は確実に保護いたします」

そこでタキは視線を落とした。

「いずれにしても、アオイ様には辛い状況です」

男に攫われた娘。

穢された天使の行く末は、老臣の胸にも重いものをもたらした。

できるだけのことをしてやらねばなるまい。

イルドナスの失態とは言え、これは自身が進めていた話なのだから。

ハクは、そう心を決めつつ。

「……ガイ様はご存じだったのですか？」

玉座にゆったりと座り、老臣と若者の会話を聞いている皇帝に尋ねる。

皇帝は「今、知ったところだ」と、カイとよく似た、しかし、より柔らかい声で静かに答えた。

この鷹揚な態度が、他の国王に威徳を示すのだ。

ガイは、隣の弟に告げた。

「確かに、あの国は……少々目障りだな」

カイは頷き、タキとシキを見る。

「アオイ様はイトに預けます。今すぐにも迎えを向かわせたいところではありますが、万が一イルドナスに気づかれると厄介なことになりかねませんし……むしろ、イトの側の方が安全でしょう」

ハクは頷いた。

隻眼の狩人の人となりを、ハクは詳しくは知らない。

しかし、軍神が絶対の信頼を寄せ、預けるというならば、それに値する者なのであろう。

「それから……少し兵を動かします」

タキの視線がシキに動く。シキは「了解」と答えた。

「秘密裡に。イルドナスの気を引く程度に……ね」

貴公子然とした端整な顔に、悪童のような笑みを乗せて続けた。

着々と進める若者達に、老臣はなんとも複雑な思いを抱いた。

軍神の側近の優秀さは重々承知しているつもりだった。しかし、それは予想をはるかに超えるものらしい。

この国は、確実に世代交代を迎えているのだ。

「……私の引退も近そうですな」

それにシキがプッと笑いを零す。哀愁を振り払い、それに睨みをきかせば、タキが「……御冗談でしょう?」と微笑んだ。

「お前がゆっくりできるのは、もう少し先だろうね」

皇帝が言って、玉座から立った。

「この国には、まだお前が必要なのだから」

皇帝の言葉に、ハクは年甲斐(としがい)もなく感激し、深く深く頭を下げた。

カイは台座を降りて、ハクの肩をポンと一度叩くと、そのまま扉に向かった。二人の側近がその後に続く。

「カイ」

ガイの呼びかけに、カイは振り向いた。

「……すぐにもイルドナスを問いただし、アオイを保護したいと願うのが家族であろうが……私は、これを機にイルドナスを牽制すべきと判断した……お前の妃殿には、私が心から詫びていると伝えてもらえるか？」

カイは無表情のまま、小さく頷いた。

「アオイが無事に戻れば、できる限りのことをしよう」

先ほどハクが心の内で思ったことを、皇帝が口にする。

「それは……アオイが無事に戻ってからだ」

告げて出て行くカイを、ガイとハクは黙って見送った。

そう、皇帝も宰相も、今は何もできないのだ。できるのは、天使が無事にキリングシークに戻ってから。

それまでは、無頼の狩人を頼り、無事を祈るしかない。

2日目

男は言った。

「貴女は天使だ」

それは言われ慣れた言葉だった。誰もが言う言葉だった。

「貴女は天使のようだ」と。

だが、男はその後に、理解できない言葉を続けた。

「貴女は誰にも穢されてはいけない。貴女は天使なのだから」

かろうじて記憶にあるのは、そこまでだ。


アオイは、男を見つめていた。

目覚めに頭が働かないことは、いつものこと。

慣れた侍女が苦笑いを零しながら、まともに動かないアオイを着替えさせ、髪を結う。

そうしている間に、徐々に頭がはっきりしてきて、身なりがすっかり整えられた頃、ようやく動き出すことができるのだ。

それが、アオイの日常だった。あの何者とも知れない男が現れるまでは。

聞いたことのあるような、それでいて意味の分からない言葉を語り、アオイを抱き上げたあの瞬間から、それが一変してしまった。

男はアオイを馬に乗せてひた走り、やがて森に辿り着くと馬を捨てて歩き出した。

何日も何晩も共に過ごしながらも、一度としてアオイの名を呼ぶことのない男。

天使様……と呼びかける男に、ここがどこなのか、問うのも無駄なことと早々に悟った。

やがて。

思考も視界も閉ざされて、共に在るはずの男の存在さえ曖昧になって。

いつの間にか現実なのか、まだ夢の中を漂っているのかさえ、分からなくなっていった。

もう、何も分からないのに。

それでも、笑みを浮かべてそこにいた。

そんな毎日だった。

ただ、今朝は少しだけ違っていた。

目の前の男。

昨日までの男がどんな姿だったか、もう思い出せない。けれど、今傍らにいる男が、昨日までの男とは違うことだけは分かっている。

それが、アオイの状況をどれだけ変えるのかは、分からないけれど。


男は立って、空を見上げている。

アオイは男の視線を追って、空を見上げた。

昨夜、男が語ったように、朝はやってきたのだ。

鬱蒼（うっそう）と茂る森にも、太陽の日差しは差し込んでくる。木々の隙間からは、青い空が見えた。

いや、既に朝ではない。太陽ははるかに高く、多分もう昼に近いのだろう。

そのことに気がついた自分に、アオイは驚いた。

こんな風に時間の流れを思ったのは、いったい何時が最後だっただろう？

新鮮な思いで眺め続ける空に、一点の黒が飛び込んでくる。

それは少しずつ大きくなり、やがて、鳥の形になって、男の腕に止まった。

空では点に見えるほどなのに、男の腕で羽をはためかせたそれは、アオイが両手を広げたのと変わらないほど、大きく見える。男は鳥の足に結わえられている紙切れを手に取り、労うように鋭いくちばしを指先で撫でた。鳥はひと跳びして、羽を休める場所を男の肩へと移すと、アオイの存在などまったく知らぬげに、くちばしで羽を整え始めた。

アオイは視線を男へと戻した。

彼は広げた紙を睨むように見据えている。

やがて、「エン」と、木の上に呼びかけた。

すぐに応えて、昨夜も見た小さな獣が降りてくる。男は小さな魔獣に、読み終えた紙を燃やさせた。

「何か食えそうか？」

視線の合わされることのない、いきなりの問いかけが、自分へのものだと気がつくのに数秒。

「おい」

不審げに見下ろされながら声をかけられて、ようやく答えを求められていることに気がついた。だが、しかし、まだ頭が働いていない。男の問いの意味がよく分からなくて、ただじっと見つめる。

男は、小さく息をつくと、アオイの前に膝をついた。肩にいた鳥が、バランスを崩して少し羽をばたつかせる。

「食えるなら、食っとけ」

言って、アオイの手に何かを乗せた。

立ち上がった男を見れば、彼はアオイに渡したのと同じものを口へと放り込み、一欠片を鳥と、胸元から顔を出した魔獣に与える。

倣うように、アオイは手の中のものを口へと含んだ。

固いけれど、食べ物。

そう認識して、口の中で嚙み、飲み込む。

急に空腹感を覚えて、アオイは食べ続けた。

昨日までは、どうしていたろう？

食べていたのか。寝ていたのか。

何よりも、生きていたのか。

手元に雫がポタポタと落ちてくる。泣いているのだ。

昨日から、何故か涙が零れる。理由は分からなかった。

目の前に立つ男は、何も言わない。

アオイも、何も言わず、ただ泣きながら食べ続けた。

「立て」

食べ終わってからも流れ続けていた涙がようやく止まった頃、男はそう命じた。

アオイは立ち上がった。

昨日は震えて立てなかったが、今はきちんと自ら立つことができた。ほっとしながら男を見上げる。

「歩けるな」

問いではなかったようで、彼はアオイが頷く前に背を向けて歩き出した。

アオイの鼓動が小さく跳ねる。置いていかれる？

そんな不安が、突如として湧き上がった。

呼びかけようとして、それができない。思わず、男が羽織ったマントを掴んだ。

男が不審げに振り返るのに、挫けそうになりながらも「貴方……名前は？」と恐る恐る尋ねた。

「…………イト」

男は答えてくれた。

ほっとした。答えてくれないかもしれないと思ったから。

「イト」

アオイが声にすると、イトは奇妙な顔をした。不快という訳ではないようだが、決してアオイが名を呼んだことを快く思っている訳ではなさそうだ。

それにまた不安を煽られて、マントを掴む指に力がこもる。

「他に聞くことはないのか？」

厳しい視線に、知らず笑みが零れていたらしい。

「笑わなくていい」

冷たく言われて、頬が強張る。

「あんたが笑わなくても何も変わらない」

イトが言う。

そう言われてもどうして良いか分からない。

アオイはマントを握ったまま、イトの後について歩き出した。

森の奥深くから人が行き交う道へと出たイトは、彼女が掴んでいた己の薄汚れたマントを彼女自身に被せて、その姿を隠した。

目立つ。

思わず舌打ちをする。

イトとて、特徴のある容姿と大きな剣を背中に背負った姿が人目を引く。

だが、この娘は、目立ちすぎた。

若い男は言うに及ばず、女も子供も年寄りも、この娘に釘付け（くぎづ）けになる。すれ違う瞬間にボーッと見とれる者。目を見開く者。下手をすれば、拝む連中までいる始末だ。

彼女はといえば、そんな視線に慣れきっているのか、一向に気にする素振りもない。恥じるでもなく、誇るでもなく、少し俯き加減にただ黙々とイトについて歩いた。

日が暮れかかった頃、イトは森を出る少し手前にある大きな屋敷の扉を叩いた。

今日は当初からここが目的地だったが、こんなに早く到着することができるとは正直思わなかった。

アオイが、文句も泣き言もなく、従順に一日を歩き続けるのは予想外だったといって良い。貴族の令嬢が、慣れない森の中を歩くのだから、多少ごねられるのを覚悟していたし、それなりに休ませるつもりもあったのに。

しかし、アオイは歩き続けた。ただただ従順に。

「待ってたよ」

自ら扉を開けてイトを出迎えた屋敷の女主人は、突然の訪問にも関わらず、年齢不詳の面に笑みを浮かべた。

「久しぶりだねぇ」

嬉しそうに近づいてくると、親愛の溢れるキスを目元の傷に落とす。

会うたびに必ず行われるその行為を、しかしながらイトはいつまでも慣れずに、憮然（ぶぜん）と受け入れることしかできない。

「隻眼の男が死んだとは聞かないからね……生きているとは思ったけど」

言いながら、視線はイトの背後にひっそりと立つアオイを捉える。

「この娘をあんたが拾うとはねぇ……さすがにあたしも予想外だったよ」

全てを知っているかのような口調。

しかし、それも女の正体を知っていれば納得せざるを得ないから、イトは何も言わない。

この女を、女神と呼ぶ者もいれば、悪魔と呼ぶ者もいる。

イトと同じ色を持つ銀の髪と紫の瞳。イトよりも幾分色の浅い、だが、他民族に比べれば浅黒い肌。

領土を持たない流浪の民族の特徴をあまりにも顕著に備えた姿は、美しいが故に時に忌み嫌われ、時に畏怖を抱かせる。

だが、女の呼び名は、その容姿に所以(ゆえん)するものではない。この女は正真正銘そう呼ばれるに相応しいのだ。

女は、イトから離れて、すっぽりとマントに覆われた娘に近づいた。そして、フードを外す。

現れたアオイは疲れ果てているようだったが、やはり天使のように美しかった。

対峙する二人の女は、共に人外のようだ。

「ようこそ、天使殿」

女が言うと、アオイは条件反射のように微笑みを浮かべた。

「なるほどね」

アオイの笑みを受け、それよりも妖艶な笑みを返しながら女は呟いた。

アオイの額から頰を女の指が辿る。優しい仕草で、ほつれている髪を撫でつけた。

「あたしはウスラヒ。イトとは昔からの知り合いだよ」

ウスラヒは、アオイを見つめながら続けた。

アオイもまた、うっすらと微笑みを乗せたまま、ウスラヒのするに任せている。

美しいが、どこかぞっとさせる景色だった。

「疲れただろう？　湯浴みをして、着替えておいで」

その言葉に、アオイは何故かイトを見る。

どうすれば良いのかと問うようなそれに、答える違和感を覚えながら「そうしろ」とイトは促した。

ウスラヒの呼びかけに応えて、侍女二人がアオイを隣室へ連れて行こうとする。

イト自身もまた身を清めようと歩きかければ、衣が引っ張られた。

振り返ると、アオイがイトの衣を摑んでいる。

微笑んではいない。

微笑まない時、この娘は無表情だ。

涙を流す時でさえ、雫が零れるだけで表情はなかった。

そのことに、どういう訳か少し胸が痛む気がして、目を逸らしたのは昼のことだ。

「……どこに行くの？」

ギュッと指に力が入ったのを見逃さない。

不安？

何が？

この屋敷内ならば、安全だ。森とは違う。

「俺も、別の部屋で湯浴みするだけだ」

アオイは納得したのか、頷いて、手を離した。

隣へ消えたのを確認してから、部屋を出る。

落ちるのは、また、ため息。

『どこに行くの？』という問いは、今イトが出て行く時ではなく、森で己が歩き出した時に口にすべきことだろうに。

あの娘が尋ねたのはイトの名のみ。何者かを質そうとはしない。どこに向かうかも問わなかった。

ただ、大人しく付いてくる。

何を考えているのか。

あの娘に、身を守る本能はあるのか。

「随分、懐かれてるねぇ」

一緒に部屋を出たウスラヒが面白そうに言う。それを無視して「あの娘、知っているのか？」と問う。

「知っているよ。天使だ」

イトは眉を寄せた。

「人だ」

ウスラヒは微笑んだ。アオイの微笑みとは違う、謎めいてはいても感情のある笑み。

「どうだろうね」

言葉も謎。

「人だよ。天使なんかじゃねえ」

言いながら、それは自分に言い聞かせているようだ。

神などいない。もちろん、悪魔だっていない。そして、天使もいるはずがない。

何度も実感しているそれを忘れて、アオイを天使かと疑う瞬間はいったい何度あっただろうか。

今、つい先ほども。

「天使なんていねえよ」

イトは言うと、乱暴に衣を脱ぎ捨てながら湯浴みをするために別室へと向かった。

よほど疲れたのだろう。

食事を終えて、ソファに座っているうちに、アオイは眠ってしまった。

湯浴みを終えた肌は真珠のように滑らかに光を放っている。

ほこりを流した髪は金に近い、しかし、柔らかな茶を含んで鮮やかに。

まだ濡れているからと垂らしたままになっており、ゆるやかにうねりながら横たわる背中に流れている。閉じられた瞼を飾るまつ毛の長さ一つだけでも、いったいどれだけの女が羨望のまなざしを注ぐのだろうか。

『オードルの天使』は、確かに天使のように美しい娘なのだ。

それは疑いようもない事実だ。

「……この娘、どうするんだい？」

ウスラヒのそれには答えない。

答えなくても、知りたいならば、いずれこの女は自ら知るだろうから。

昨夜遅く、軍神の元へ飛ばした翼を持つ魔獣は、キリングシークからの返答を携えて戻ってきた。

そこには、側近の几帳面(きちょうめん)な文字で、娘の耳元から拝借して送り付けた飾りが、確かにアオイ・オードルのものであること。イトの知らせた娘の容姿――不本意ながら

『天使』という言葉を使って知らせたそれからも、拾った娘がキリングシークの伯爵家三女に違いない、とあった。

続いて、書面には端的に言葉が綴られていた。

アオイ・オードルをキリングシークへと届けること。

予想どおりといえば予想どおりだ。

くれぐれも目立たぬように――は、それがいかに難しいかは身を以て思い知らされたが、分からぬ命でもない。

だが、しばらくキリングシークとの連絡は断つように、とは意外だった。

使い魔の後を追って、使者が現れるくらいのこともあるかと思っていたのだ。

ところが、この書面によって、軍神はアオイの身柄を完全にイトに預けてきた。

詳しいことは書かれていない。

ただ、この状況が決してアオイ・オードルの本意ではないこと。

万が一、彼女の身に危険が差し迫ることがあれば、相手が誰であれ排除しろとある。

そして、魔獣に食い荒らされた肉片の中から、イトが拾い上げた一つの勲章。アオイの耳飾りと共に軍神に送ったそれが、某大国の騎士のものであることに気がついていたイトが、書かれていることから、書かれていない背景を想像することは難しいことではなかった。

キリングシークは、これを機に某大国を牽制するのだろう。

しかし、あえてそこに考えは巡らせない。理由などいらないのだから。

必要なことは、隠密にアオイをキリングシークへと届けること。そして、報酬は望むままに。

イトは、キリングシークの兵士ではない。自らの意思で、キリングシークの軍神に剣を預けた魔獣の狩人だ。魔獣狩り以外の命令に従う理由はない。

だから、こんなことはまったくもって厄介事に他ならない。それでも、イトは昨日のうちに既に心を決めている。

この娘は無事にキリングシークに届ける、と。

決めたからには遂行する。イトはそういう男だった。

「……この娘……空っぽだね」

不意にウスラヒが呟いた。

アオイに毛布を掛けてやりながら「天使なんて呼ばれるにはね、それなりの理由があるものだよ」と続けた。

イトは、グラスに入った琥珀の液体を口に含んだ。この屋敷でしか出されないそれは、ひどく懐かしい味がする。

「この娘、何も見えないよ。自我も意志も感情も……全部ぼやけてしまっている」

だから？

「フワフワと陽炎みたいな娘。近づいても近づけない蜃気楼かもしれない……そんな不安定さが、この娘を天使にするのさ」

陽炎ではない。

蜃気楼ではない。

イトはアオイを抱き上げ、抱きしめた。それは生身の体だった。

だが、ウスラヒの言うことは分かる気がした。

イト自身、アオイが人として何かが欠落していると感じるたびに、天使の存在を疑ったのだから。

だとすれば、『天使』などという言葉は、称えているものではないのではないか？

「それがこの娘の元々の資質なのか、それとも……周りがこの娘をそうしたのか」

見下ろすウスラヒの前で、突然、アオイの体がピクリと震えた。

閉じていたはずの瞳が、かっと開かれ、体がビクリと跳ね上がった。

「いやあ！」

悲鳴が上がる。

「……人らしくなったじゃないか」

のんびりと呟くウスラヒを押しのけて、イトはアオイに近づいた。アオイはイトにも怯えるように、体を丸めガクガクと震えている。

「落ち着け」

声をかけながら、そっと肩に手を置く。

「やあ！」

それを振り払う勢いで、ソファから落ちそうになる体をイトが受け止める。

「いや！」

暴れる体。

振り回される腕に、何度か顔をはたかれながらも、イトはアオイを抱き込んだ。

「アオイ！」

初めて、その名を呼ぶ。

娘が一瞬にして静かになる。

「アオイ」

もう一度。

アオイはイトを凝視した。

「イト？」

「そうだ」

答える。

アオイの体から力が抜ける。

だが、次には細い腕が伸ばされて、イトの首にしがみついてきた。

「おい」

離そうとすると、必死に体を寄せて首を振る。

「……っや……」

緑の瞳が潤み、ハタハタと涙が零れ落ちる。無表情ではない。辛そうに寄せられる眉。震えて揺れる唇。

「イト！」

切迫した声に、仕方なく抱き上げて、ソファに腰掛けた。

脚の上にアオイを乗せて、抱きついてくるままに受け入れてやれば、ようやく落ち着きを見せ始める。

湯浴みを終えたアオイの体からは、若い娘特有の甘い香りがした。昨夜は少女か娘か迷いもしたが、こうして寄せられる体は、間違いなく女のものだった。

しばらく、それから離れている身には、これは少々残酷な状況だ。ウスラヒがそこにいることに、思わず感謝した。

「……私……正気なの？」

ウスラヒの言うとおり、随分と人らしいことを言う。

それでも、アオイの美しさは変わらない。いや、むしろ、無意味に微笑むよりも、青ざめて怯える姿の方が、美しい気さえした。

「さあな」

答えて、昨晩と同じように抱きしめながら「寝ろ。それ以外、できることはねえから」と、昨晩と同じ言葉を口にする。

「これをお飲み」

ウスラヒが差し出したのは、イトが先ほどまで口にしていた強いアルコール。

イトが眉を寄せると、アオイがそれを見て首を振った。

「……いらないかい？」

アオイはコクリと頷いて、イトの胸に顔を寄せた。

「そのまま寝ておしまいな。そこなら、嫌な夢も見ないだろう」

無責任なことを言いながら、ウスラヒはイトの腕の中にいる天使にもう一度毛布を掛けた。

アオイはイトの腕の中で少しの間起きていた。やがて、その瞳が伏せられる。

細い指がイトの上着を、やすやすと外れないほどしっかりと握っている。

ウスラヒが微笑んだ。からかうものではなく、謎めいたものでもなく、本当に優しい微笑みだった。

「諦めて、そのまま眠るんだね……横たわらずに眠るのは得意だろう」

そう言って、部屋を出て行く。

アオイを抱いたまま、イトはため息をついた。

まさか二晩続けて、女をただ抱きしめて眠る羽目になるとは思わなかった。

アオイは、深い眠りに誘われたようだ。

柔らかな体は、完全にイトへと預けられている。妙な気分だ。

こんな風に、信頼される謂れはどこにもない。

多分、彼女が昨日まで一緒にいた男と、やっていることは変わらないはずだ。

それとも、あの男にもこうやって縋ったのか。

ない話ではないだろう。

不本意な状況だったかもしれない。

僅かにも望まない腕だったかもしれない。それでも、その男しか縋る者がなければ。

それは、生きるための手段。

それを責めることができる者などいない。

いや、そうだとしたら、イトはむしろアオイを見直す。

この女にも――人並みに生きようとする意思があるのだ、と。

3日目──朝

女の前には、大きな丸い鏡がある。

姿見よりはいくらか小さいものの、本来ならば立てて備えるべきだろう鏡は、謎めいた女の前に横たわり、神秘的な光をゆらゆらと放っている。

周りを少し丈のある黄金細工で囲まれている鏡の上には、澄んだ水がなみなみと注がれていた。

ウスラヒの指先が鏡に触れるたびに、水が揺れて屈折した光が発せられる。

これが、女が悪魔または女神と呼ばれる所以の一つ。

この女は『水鏡』の操り手だった。

帝国キリングシークの『破魔の剣』、既に滅びた国である神伽にあったはずの『鎮魂の玉』、そして領土を持たない流浪の民であり、同時に戦士の集団であるグレンダの『水鏡』。

神器と呼ばれるそれらにまつわる逸話は枚挙にいとまがないが、そのうちの二つについては事実として存在していることをイトは知っている。

「森だね」

ウスラヒが呟いた。

過去・現在・未来。ウスラヒは、水鏡にそれを視る。

救われた者は女を神と崇め、絶望をもたらされた者は悪魔を見るのだろう。

「森をお行き」

今回のことに関して、詳しいことは何一つ話していない。

にも関わらず、ウスラヒは既に全てを承知しているようだ。きっと、イトの知らない真実をも、知っているのだろう。

尋ねれば、ウスラヒは教える。だが、イトは尋ねない。その真実はイトには必要のないものだ。

「少々遠回りになるけど……町はお勧めしないよ」

言われるまでもなくそのつもりだったイトにとって、ウスラヒの言葉は頷くだけのものだった。

「それから、できればもう一日はここにいた方が良いね」

それは、不本意だ。

イトの心を知るウスラヒが続ける。

「今夜は雷雨だよ」

それでは、森を行くのは無理だろう。

雨。闇。雷の一瞬の光は、何の救いにもならない。

今夜は、さぞかし魔獣達が騒がしい一夜となるに違いない。一人ならば、むしろ狩り日和とうそぶくこともできようが、アオイを連れてでは無謀以外のなにものでもない。

「そうでなくても、ここのところ、魔獣達がおかしいんだ。まあ、そんなことは、あんたの方が承知だろうが」

ウスラヒの言うとおり、おかしなことが広がりつつある。

昨年の夏、初めて徒党を組んで横行する魔獣達を見た。

群れることなど知らないはずの生き物だ。テリトリー意識が強く、すれ違えば殺し合うだけだった連中が、巨大な魔獣を中心に集団で村や町に出没したのだ。

既に、その魔獣は軍神の手で葬られている。だが、同じような魔獣群の報告は後を絶たないし、イトも目にしている。

そして、それだけではないのだ。

イトのように、常に魔獣と対峙している者達の多くが気がついている。

魔獣達が変わりつつある。どこが、とははっきりは言えない。それでも、奴らは、何かに変化しようとしている。

「例の魔獣の件は、あんたも調べているんだろう?」

徒党を組む魔獣達については、ありとあらゆる者達によって議論が交わされていると聞いている。

ウスラヒは水鏡の操り手であると同時に、優秀な使い魔の主でもある。

そして、彼女は誰よりもこの世界が平和になることを祈り願っている者の一人だ。

この異様な状況を静観しているはずはない。

「軍神からも話は聞いているんだ……視ない訳にはいかないさ。でも」

ウスラヒが険しい表情を浮かべる。

常に謎めいた笑みを浮かべる女らしくもなかった。

「分からないんだ」

ウスラヒの言葉には苦々しさが込められている。

この世の中には、分からないことの方が多いとイトは承知している。だが、ウスラヒにとっては、分からないことの方が少ないのだろうか。

全てを掌握しているかのように常に悠然と構える女が、イトの前で辛そうに眉を寄せた。そんな顔は初めて見た気がする。

「ウスラヒ？」

普通ではない。そう感じて声をかけると、はっとしたように表情を消した。

そして、微笑む。

「もう一晩、留まりな。良いね？」

イトは頷いた。

キリングシークからは急げとは言われていない。

むしろ、アオイに最大限配慮すること。確実に安全な方法を取って、くれぐれも無理はしてくれるなと、重ねて書かれていた。

ならば、『水鏡』の操り手の言うとおり、ここに留まるべきなのだろう。

アオイは中庭にいた。

夏の日差しを避け、木陰に敷き物を広げて座っている。手元には何かしらの本が広げられていた。

ここの侍女は腕が良い。

主とはまったく違う容姿のアオイの装いは、その可憐（かれん）な華やかさを一層際立てるものとなっていた。

昨日は憔悴（しょうすい）しきった姿で薄暗い森を歩いていたとは到底思えない。どこにも蔭（かげ）りのないその姿は、明るい穏やかさに満ちている。

イトには、まるで縁のない一種の宗教画をも思わせる光景だった。

あまりに遠い存在のはずの娘は、イトに気がつき顔を上げた。

「イト」

この娘に名を呼ばれるたびに感じるのは違和感だった。そして、見つめてくる瞳に、居心地の悪さを感じる。

アオイは、あまりにも、まっすぐにイトを見つめるから。

この美しい娘に、己はどう映っているのだろう。

左の面に走る大きな傷痕。異民族を象徴するような容姿。

明らかな異分子であるイトを、こんな風に無遠慮とも言える、だが、侮蔑や嫌悪が微塵もないまっさらな瞳で見つめる者は少ない。

「もう一晩、ここに留まる」

アオイは頷いた。

そして、問いかけはない。

この娘は己の境遇をどこまで理解しているのだろうか。

イトの方としても、様々なことが推測の域を超えない。

だから、イトからは何も話さない。イト自身が知っていることや分かっていることを話すことは何ら支障はないが、聞かれもしないことを語るほど、イトは饒舌ではない。

結局、二人の間にあるのは、イトの口に出さない決心と、アオイが黙って付いてくるという事実だけだ。

「今日はゆっくり休めばいい」

どうやら、今回もアオイは何も問うことはないらしい。ならばここにいることはないと立ち去ろうとする。

と、衣が引っ張られた。

もう何度目になるか知れない、馴染みを覚えつつある感覚に振り返る。

「おい？」

アオイが、イトの衣の裾を摑んでいた。

「貴方はなんなの？」

唐突な問いかけ。

それでも、ようやく、それが出てきたかという思いもある。

「俺は狩人だ」

答えながら、アオイの求めているものはこれではないだろうと、先を続ける。

「あんたのことは軍神からキリングシークに届けるように命じられている」

アオイはイトの衣を握ったまま、何かを考えるように——何も考えていないように
イトを見つめる。何か言いかけるように、淡く紅をひいた唇が揺れた。

己の根気強さに驚きながら、イトは待った。

アオイの次の言葉を。

だが、結局、アオイはそれを見失ったようだ。

黙り込んでしまった娘は、しかし、イトの衣を離すことなく、また、視線もイトに注いだまま。

恐ろしく澄んだ瞳に呑み込まれる幻想が頭を過った。

このまま、見つめられたら。

見つめられたら、どうなるのか？

その時、「チッ」と小さな声がして、イトの懐から魔獣が顔を出した。

アオイから視線を外すタイミングを得た安堵などおくびにも出さず、「エン、大人しくしてろ」と小さな連れを柔らかく叱責する。

めげないエンは、もう一度小さな鳴き声を上げながら、アオイの膝へと飛び降りた。

それに、少し驚く。

エンのようなタイプの魔獣は、比較的手懐けやすい。とは言え、やすやすと誰彼にと懐く訳でもない。

エンはアオイの膝の上に座ると、愛撫(あいぶ)をねだってフワフワのたてがみを華奢な手の平に押し付けた。

アオイが——微笑む。

今さっき、なんとか視線を逸らしたばかりにも関わらず、再び視線はアオイに捉われた。

アオイは笑みを浮かべながら、甘える魔獣の頭から背中を優しく撫でる。

これまでイトが見てきた笑みとは明らかに違うそれ。

天使？

否、人。女。

生きている生身の娘の温かな感情に満ちた微笑み。

動けない。

既に、アオイの手はイトの衣を離している。

なのに、その微笑みがイトをその場に釘付けた。

なんて――これがアオイの本来の笑みなのか？

だが、アオイはイトの視線に気がつくと、スッとその表情を消した。

そして、俯いてエンの頭を撫で続ける。硬直していた体の力をそっと抜きながら、笑みを消し去った娘を眺めていると、アオイはちらりとイトを見て、

「笑ってはいけないのでしょう？」

呟くように尋ねてきた。

イトは空を眺めた。

ウスラヒは雨が降ると言っていたが、今は雲などほとんどない青空を眺めながら、記憶を辿る。

そんなことを言っただろうか。笑うな、と？

そして、自分自身の言った言葉を思い出す。

「違うな」

言いながら、アオイの前に屈みこんだ。

「笑うなとは言ってない。笑わなくていい、と言ったんだ」

アオイの視線が再びイトに向けられる。

イトの言葉を反芻（はんすう）するような間が空き、

「それは……意味が違うの？」

首を傾げて尋ねてくる。

アオイにとっては、どちらも言われたことのない言葉なのだろう。その違いさえ分からないほどに、彼女は微笑むことを求められてきたのか。

「あんたはどうして微笑むんだ？」

イトは逆に尋ねた。

こんな問答は不要なはずだったのに。

アオイがどのような思いを抱いて微笑もうが、イトには関係のない話だ。

「おかしいからか？　楽しいからか？」

だが、言葉が続いて出てくる。

アオイは、ただイトを見上げるようにして凝視しながら、言葉を聞いている。

「それが、あんたの役目だから？」

震えながら、それでも微笑もうとする娘が言った言葉。

アオイは、頷きはしなかった。

「私が微笑むと……皆が幸せになるんですって」

その口調に誇りや驕りはない。

ただ、現実にそう言われ、だから微笑む、と。その事実を淡々と告げるだけのものだった。

「それで良いなら、そうやって微笑んでいれば良い。確かに、あんたは天使みたいにきれいだよ。あんたの笑み一つで救われる連中は、いくらでもいるだろうさ」

微笑みだけではなく。

イトのような男でさえも、まっすぐに見つめることのできる真っ白さが。

多くの人々に天使の存在を信じさせるのだろう。

そして、時に人はそういうものが必要なのかもしれない。

「……それで良かったの」

アオイは呟いた。

自然に零れ落ちた微笑み。

無自覚に浮かぶだけの微笑み。

今はどちらでもない。人形でももう少し人間らしいと思わせる無表情。

「でも、貴方は笑わなくていいと言うもの」

アオイの視線に戸惑いを見た気がした。

「あんたが笑いたくなさそうだったからそう言っただけだ。あんたが、それで良いなら、余計なことを言ったな」

立ち上がろうとすると、アオイの手がイトの腕の辺りの布を摑んで止める。

「私……笑いたくなさそうだった？」

どうだろうか。

そう見えただけかもしれない。

先ほどの戸惑いの表情も、あの時の無理やり作ったような笑顔も。

「俺の言うことなんざ、無礼者の戯言と捨てておけ。あんたが無事にキリングシークに到着すれば、もう顔を合わすこともない男だ」

アオイの手が動く。

腕から胸元へ。

ギュッと握り締めてくる。握られたのは衣なのに。

心臓をわしづかみにされたように、息苦しさを覚える。

それは、明らかに傷ついたような顔のアオイのせいか。あまりにはっきりとした表情だった。

何がアオイにその表情をさせたのかは、分からなかった。だが、これ以上、ここにいない方が良いと判断する。

早く、離れろ。

でなければ。

なのに、アオイの手がイトを引きとめる。

「あんたは天使の顔して微笑んでいれば良い」

己が起こしそうな行動を留めるがために、出した言葉は思いがけず冷たい声で響いた。

やめておけ、と思うのに口が動く。

「ただ……俺は天使なんていらないから」

そう、いらない。

救う神も、堕とす悪魔もいないと知ったあの日から。

「だから、あんたの微笑みも……俺はいらない」

イトの言葉をアオイはただ聞いていた。

微笑みはない。

だが、イトを見つめる瞳は、相変わらず澄み切っていて。

そして、イトの衣を握る指先は、真っ白になるほど力が込められていた。

3日目―夜

夕刻からポタポタと降り出した雨は、日が完全に落ちる頃には、激しく大地を打ち付けるものへと姿を変えた。

「もうすぐ……雷が来るよ」

夕食を終えて、窓から外を眺めていたアオイに、ウスラヒがそう教えてくれる。

アオイは頷いた。

雷は怖くない。

胸の辺りに振動をもたらすほどの轟音(ごうおん)も、空を切り裂く光も。

建物の中にいれば、遠くで起こっている現象に過ぎない。

そもそも身近に起こることさえ、現実感を伴わないアオイにとって、雷であろうとも恐怖を感じるはずもない。

「出発しなくて、正解だっただろう?」

イトにウスラヒが尋ねている。

イトが何かを答えようとした時、「ウスラヒ様、ツバクロとセキランが参りました」と侍女が客の来訪を告げた。

「……急ぎなのかい？」

できれば帰せと含んだ言葉に、侍女は少し困ったように眉を寄せて答えた。

「ひどく、取り乱しております」

イトは、軽く肩を竦めて「出発すべきだったかもな」と呟いた。

そして、アオイの腕を掴むと、扉で繋がった隣室へと向かう。

アオイは、イトを見上げた。イトはアオイを見ない。

昼間に話をしてから、イトはアオイに近づかない。視線を合わせもしない。

それは、雷よりもよほどアオイに不安定な恐れを抱かせた。

「ツバクロとセキランは、あんたを裏切らないよ」

ウスラヒの声を背中で受け止めて、イトは答えた。

「分かってる」

答えながらも、イトはアオイを隣室に押し込んだ。

明かりの灯されていない部屋は暗い。

アオイは、暗い部屋は苦手だった。怖い、と特に感じる訳ではない。ただ、なんとなくいたい場所ではないだけだ。

アオイのいる場所は、いつも明かりが灯されていた。

眠る時でさえ、ほのかな明かりが欠かされたことはない。せめて月が出ていれば良いのに。
雨の夜にそれを望むことは愚かだったが、部屋はあまりにも暗闇だった。
それでも、傍らにある温かさが、その不安を和らげてくれる。
「イト」
アオイが名を呼ぶと、イトは静かにというように、アオイの唇を手の平で覆った。
アオイは従い口を閉じ、そっと、イトの衣の端を摑む。
それだけが、イトがアオイに許していることのような気がするから。
気がつけば、手が伸びている。
笑わなくて良いという男。
天使なんていらないという男。
それは、アオイを拒否する言葉なのだろうか。否定する言葉なのだろうか。
今まで知らなかったたくさんの感情の糸が、アオイの中で絡み合う。
雷は――怖くない。
暗闇も――イトがいれば大丈夫。イトがいれば。
イトがいないと。
不安で怖くて――潰れそうになる。
どうしてかなんて、分からないけれど。

アオイには分からないことが多すぎるけれど。

イトに側にいて欲しいことだけは分かるから。こうして、彼の端っこを捉えて縋るのだ。

「ウスラヒ様！」

どれほども経たないうちに、人の気配がし、切羽詰まった男の声が女主の名を叫んだ。

扉越しにも分かる慌ただしさの中。

「サワライが……子供が帰って来ないのです！」

悲鳴のような声で告げたのは女。

そのまま、女は泣き崩れたようだ。宥める男の声がする。

扉の向こうから流れてくる不安が、アオイにまとわりついた。イトに身を寄せて、それから逃れる。

「落ち着くんだよ。いったい、どうしたんだい」

ウスラヒの男女に語りかける声が聞こえた。

「私、叱ったのです。サワライが、剣を振るう真似事をしたので」

女がしゃくりあげるように話す。

ピクリとイトの体が揺れたのを、近くにいるアオイは気がついた。

「……小さな子供のやることだよ。深い意味はないさ」

ウスラヒが言う。

「それでも、俺達には許されない行為なのです」

女に比べればいくらも落ち着いている男の声。

アオイはイトを見上げた。

暗さに多少慣れてきた目が見たのは、眉間に皺を刻んだイトの表情だった。

険しい顔だった。

アオイは、イトの衣を握る指先に力を込めた。

イトがアオイを見下ろす。ようやく合わせてもらえた視線。しばらくの間、そうして見つめ合っていた。

アオイの鼓動が少し速まった気がした。

それは、慌ただしく人の行き交う音が止(や)み、やがて不意に訪れた静寂の中で、ひときわ感じられるようだった。

「……森だね」

静けさの中に、ウスラヒのよく響く声。

「森に迷い込んだんだ」

女の嗚咽(おえつ)が大きくなる。

それを聞いたイトが動いた。

アオイの手が衣を握っているのに気がつき、大きな手がそれを外そうとする。

アオイはほとんど無意識に首を振りながら、目の前の胸に身を寄せた。

「子供が森にいる……あんたは森の暗さを知ってるだろう？」

肩を両手が摑む。責めるものではない。ひどく優しく聞こえる諭す声だった。

それに、促されるように言葉が出てきた。

「森に行くの？　ちゃんと帰ってくる？」

昼間、イトと話した時は何を聞いたら分からなくて、言葉が出てこなかった。

でも、今はスラスラとその不安を表す疑問は口をついた。

「あんたをキリングシークに届けるのが俺の役目だからな」

それもまたアオイの不安を煽る言葉には違いない。

キリングシークに戻ればもう会うこともないと、イトは言ったから。それは、何故か、
アオイの心をひどく乱す。

だけど、今は、イトが戻ってくるという意味を持つ言葉には違いない。

アオイはイトの手が促すのに従って、身を離した。

「あんたは、ここにいろ。出てくるな」

言いながら、己から離したアオイの手にイトが渡したのは、懐から出したエンだった。

受け取って胸元に抱き寄せると、小さな魔獣はアオイの頰に柔らかな毛に覆われた頭

を寄せた。

昼間と変わらない愛らしい仕草。そして、暗闇に救いのような温もり。

だが、微笑めなかった。

イトが離れて行こうとしている今、アオイはどんな表情を浮かべることもできない。

見つめるしかできないアオイに、イトは「大丈夫だ」と、それだけ言って、扉の向こうに姿を消した。


「俺が行こう」

水鏡を覗き込んでいた三人の視線が一斉にイトに向けられる。

「イトヨウ⁉」

かつての同胞が捨てた名を呼んだ。

それには何も反応せずに、水鏡の操り手に尋ねる。

「森のどの辺りだ？」

ウスラヒは水鏡に視線を戻した。

「ここから東に一キロぐらい……大きな樅(もみ)の木の下」

語られる子供の居場所に、イトは舌打ちした。

「この雷の中、木の下にいるのか？」

自殺行為だ。

セキランの嗚咽が大きくなる。

この女も同胞だった。

流浪の民。戦士の集団。

そんな言葉で表現されるグレンダの一族は、男も女も生まれおちたその瞬間から、戦士として生きることを余儀なくされる。幼い時から剣を授けられ、己の身を守るためではなく、対峙する者を絶つための術を教え込まれる。

金で雇われて、戦に赴く。何のしがらみもないながら、その時、敵と教えられた者の命を、無情に奪う。

グレンダとはそういう一族だった。

それが、領土を持たない一族の生き方だった。

イトも、この二人も。

グレンダに生まれおち、そして戦士として育て上げられ、かつては共に戦場を駆け巡ったのだ。

だが、道は分かれた。

イトが、グレンダを捨てた時に。

全てのグレンダは、それぞれの道を選択し、進むしかなくなった。

そして、この二人は剣を捨て、大地に根付いて生きていくことを選んだのだ。

「イトヨウ」

グレンダ特有の響きを持つ名。

「その名前は捨てた」

ツバクロの顔も見ずに言えば、「……そうだったな」と呟きが聞こえる。

「子供は生きているんだな？」

ウスラヒに問う。彼女は頷いた。

「今のところ」

セキランが、さらに嗚咽を漏らす。ツバクロの堪えきれない呻きが耳に届く。

母親と父親なのだ。

そして、この二人の子供が存在する。

ならば、子供もまた、純粋なグレンダなのだ。

時が時だったならば、イトが自らの手で戦士に育て上げていただろうか。

イトは、侍女が準備したマントを羽織りながら、泣き続ける女の脇をすり抜けた。

「イト」

ツバクロが付いてこようとするのを、視線で制す。

戦士でない者を、剣を捨てた者を伴う気はない。森は――今もまだ戦場だから。

「生きてることを祈っていろ。俺は、そこにあるものを連れて帰るだけだ」

残酷なことを言っている自覚はある。だが、それが現実だ。

ツバクロは「分かってる」と答え、「頼む」と深く頭を下げた。

暗い部屋の中で、アオイはエンを抱きしめながら息を潜めている。イトがそうしろと言ったから。

窓を打ち付ける雨の音がやけに大きく響く。空に描かれる雷光が、時折、部屋の中に明るさをもたらした。

イトがいない。

それだけで、怖くなかったはずの雷さえ、アオイを追いつめる。

「アオイ、こっちへおいで」

扉の向こうで、ウスラヒが呼んだ。

部屋を出て良いのだろうか。

イトは、ここにいろと言って出て行った。

「大丈夫だよ、イトは怒らない」

その言葉に勇気づけられて、アオイは暗い部屋を一歩と踏み出す。

煌々と明かりのついた部屋の眩しさに、一瞬めまいを覚える。

そして、落ち着いた視界の中には、見たことのない男女が一組。

男の方は顔を上げてアオイを見たが、女の方は俯いて涙を流し続けている。二人とも、イトと同じ肌と髪の色をしていた。

この部屋では、アオイの方こそが異質な存在だった。

「アオイ、こちらへおいで」

肩を寄せ合うようにしてソファに座る二人の前を通り過ぎ、アオイはウスラヒへと近づいた。

「これを見てごらん」

ウスラヒの前には何か丸いものがあった。

近づいてウスラヒと向かい合うように座り、覗き込む。

水？

水甕にしては浅いが、荘厳な装飾の施された入れ物の中には、ゆらゆらと水が揺れている。

さらに覗き込んだ水の底に、己の顔を見つけて、鏡に気がついた。

「今、見たいものはなんだい？」

不意にウスラヒが尋ねる。

アオイは顔を上げて、ウスラヒを見つめた。

「今？」

ウスラヒが微笑みながら頷く。

「過去か、現在か……それとも未来かい？」

今、見たいもの。

それは――

「イト」

アオイは答えた。

この嵐のような雨の中、迷いもなく森に出向いた男。今、見たいものなど、それしかない。

「思い浮かべるんだよ……見たいものを……鏡を見ながら」

唆すような声。

ソファに座っていた男が身を乗り出したことに、アオイは気がつかなかった。

言われるまま、鏡を見つめる。

微笑んでいない自分が、揺れる水の中から見つめ返してくる。

イト。

今、どの辺りにいるのだろう。
歩いている？
走っている？
子供を助けるために。
ユラリ、と水が揺れる。
アオイの顔が波に揉まれて消えて——そこに浮かぶのは。
「イト！」
アオイの感情の高ぶりに連動するように、鏡の水が跳ねた。
水面が大きく揺らいで、一瞬浮かんだマントの姿をかき消す。
「落ち着いて……もう一度」
ウスラヒの静かな声に促されて、再び男の姿を思い描く。
多くの兵士がそうであるように、短く切り込まれた髪。今まで知らなかった彩りの肌。
盛り上がる筋肉もまた、アオイが知る男達とはまったく違う生き物のよう。
左の額から頬にかけて走る傷痕に左の瞳は閉ざされたまま。残された右の瞳は紫。
細かな部分まで思い出せる男が、水面に映る。
「……見えるんだね？」
アオイは頷いた。

イトは雨が降る森を走っている。

深々とマントを被っているから顔は見えない。だが、アオイにはそれがイトだと分かった。

イトの足取りに迷いはない。

「走ってる」

時折、現れる魔獣を、足を止めることもなく剣でなぎ払いながら。雨をも斬る勢いの刃は、一太刀で躍動を奪い、動かぬものへと変化を強いる。

そして。

「……見つけたわ」

アオイは見えるものを口にした。

ウスラヒの言ったとおり、子供は大木の根元にいた。

「……生きてる」

呟いたそれに、母親が何かを叫んだ。

だが、アオイにはそれは聞こえなかった。

見つめ続ける鏡の中には、子供とイト。そして、その合間に立ちはだかるのは魔獣。

降り注ぐ雨の中で、イトがフードを外した。

アオイの思い描いたとおりの面が雨に晒される。

獣は子供に背を向け、現れた敵に向き合うと、鋭い牙を剝いた。聞こえないはずの咆哮が聞こえた気がする。

いつかの景色が重なる。

あの時。

イトが剣を構える。

そう、あの時も、彼は剣を抜いて構えた。

飛び掛かる影。

イトは剣を構え、それをあっけないほどの一瞬で断ち切る。音のない映像は、ひどく淡々と流れていった。

だが、アオイは知っている。

肉と骨が断たれる音。

獣の断末魔の叫び。

そして、この男の強さを。

倒れた獣を跨いで、イトは子供へと近づいた。聞こえない声が耳元に聞こえる。

「おい」

そう彼は声をかける。子供が顔を上げた。

あの時の、アオイのように。

恐怖に支配された者に、この男がどれだけ鮮やかに安堵感をもたらすことか。

アオイは子供に語りかけた。

「もう大丈夫」

心配ない。だって、イトがいる。

子供は、現れた大きな男を見上げた。

イトが子供の前に跪くと、何かに押されたかのようにその胸元へと転がり込む。

イトはそれを受け止め、何か話しかけた。

ヨク、ガンバッタ。

アオイは、イトの唇がそう動いたのを見逃さなかった。

イトは子供を、自分のマントの中に包み込んだ。そして立ち上がり、自分自身の姿をフードで隠しながら踵を返した。

アオイは微笑んだ。もう、大丈夫。

そこは、とても安全な場所だから。そこにいれば、何も怖くない。

「もう大丈夫」

子供の母親は、いつの間にか泣き止んでいた。フラフラと歩いて、鏡の傍らに座り込む。

「ウスラヒ様」

震える声に名を呼ばれ、ウスラヒはアオイを見つめたまま頷いた。アオイは、さらに水鏡を覗き込んだ。

イトは、足早に来た道を戻ってくる。胸元に、大事に大事に子供を抱きしめて。

「大丈夫。イトがちゃんと連れて戻ってくるわ」

ここに戻ってくる。

不意に、急激な眠気がアオイを襲った。

イトが帰ってくるのを待ちたいのに。

もう、少し。

思うのに、瞼が重い。

体を保っていられずに、床に崩れる。

「イト」

アオイは小さくその名を呼んだ。

そして、そのまま気を失うように眠りへと落ちた。

「そうかい」

ウスラヒは微笑んだ。

倒れたアオイを、優しく抱き起こして胸に抱く。

「ウスラヒ様……この方は……」

ツバクロが、妻の傍らに膝をついた。

ウスラヒは、ツバクロを見つめた。

「天使さ」

イトが何度も否定したそれを、いとも簡単に口にする。

「そうだろう?」

ツバクロは頷き、頭を垂れた。

セキランも、また、倣うように頭を下げる。

「そうかい。イトが見えたのかい」

眠る娘に尋ね、恭しくこめかみに唇を触れる。

「あんたは天使だ」

ウスラヒは微笑んだ。

それは美しい、そして、ひどく満足げな笑みだった。

4日目

昨日の雨が嘘のように晴れ渡った空だった。

今日も、アオイはその美しさに気がつくことができた。

それだけではない。

水分を多分に含んで、瑞々(みずみず)しさを増した木々の幹や葉。生きていることを謳歌(おうか)するような、ひときわ高々と響き渡る鳥のさえずり。

森の中のそこかしこにちりばめられた激しい雨の名残と、それを越えてなお力強く生きるものの存在をも気がつき、それらはアオイの心の奥深くに何かを訴えてくる。

ぬかるんで歩きにくい大地さえが苦痛ではない。

それは、キリングシークに向かうことをどういう訳か嬉しく思えないアオイを励まし、歩き続ける力を与えてくれている。

だが、それらも目の前の男の様子を見ると、色を褪せてしまうのだ。

今朝からイトがおかしい気がする。

何も言わない――元より饒舌な男ではないとは思う。

視線を合わせようとしない――これは、昨日の昼間からか。

「イト」

夕刻を過ぎ、辺りが暗くなった頃。

ようやく一つの考えに至ったアオイは、野営の準備をする男のマントをツンと引っ張った。

イトは振り返り、フードを外した。

まだ、なんとかお互いの表情が見て取れる明るさがある中、大きな傷のある顔が、無言で見下ろしてくる。

「……怒ってるの？」

問う。

考えた。

どうやら今までは、微笑めば大抵のことは済ませることができていたようだ。

興味のある話もない話も。尋ねない疑問の答えも。

アオイが何を口にすることはなくとも、微笑めば対面する人間は何かと語りかけてきた。

だが、この男が相手ではそれは望めない。アオイ自らが動かなければ。

だから、考えた。

こんな風に他人の心内を考えたことなどない。

一生懸命に考えて考えて、辿り着いた答えを口にする。

「私、あの人達に見られてはいけなかったのね？」

イトは少し眉を寄せた。

それは、アオイの言葉が正解だったのか否なのか。

「ごめんなさい」

分からないが、謝る。

あの部屋から出るなと言われたのに出てしまって。あの人達に姿を見せてしまって。

「怒ってない」

少しの間をおいて、イトは答えた。

アオイのフードを外して、今日初めて視線を合わせてくれる。

一つしかないのに——その瞳は、アオイの二つの瞳を難なく捉えて離さない。

「少し考えてただけだ」

ほっとする。

自然に体から力が抜けた。

「良かった」

イトがアオイから視線を外す。

その態度に、言われた言葉を思い出し、己が無意識に浮かべていたらしい笑みを消した。

イトは、いらないと言ったのだった。

アオイの笑みをいらないと。

再び、イトが今夜の寝床の準備を始める。

アオイは邪魔しないように、少し離れたところでそれを眺めることしかできない。

微笑みさえも拒否されてしまった自分は——本当に何もできないのだ。

やがて準備を終えたイトは、懐からエンを出し火を起こした。三日前と同じような光景だったが、火を点けた後の小さな獣の行動はまったく違った。

エンは、アオイを見つけると小さく鳴いて、イトの足元をすり抜けた。

タタタっとアオイに駆け寄ると、ぴょんと跳ねて胸元へと飛び込んできたのだ。

驚きながらも温かい毛玉を受け止めてから、慌ててイトを見る。

イトはそれを呆れたように眺めて「……抱いてろ」と言うと、火から少し離れて腰を下ろした。

エンを抱いたまま、アオイはイトの傍らに座った。

「……貴方は、使い魔の主なの？」

聞きたいことはたくさんあるように思えたが、何をどう疑問にすれば良いのか分からない。

だから、一番簡単な質問を口にしてみた。

膝にいるエンの頭を撫でながら「この子はいつもそこにいるの？」と、イトの胸を指す。

人に何かを問う時、皆、こんな不安を抱くのだろうか。答えてくれるのか、という不安を。

「こいつはいつも一緒にいるな」

イトは、答えてくれる。

エンの顎下を、節のゴツゴツとした指先が撫でる。

それを嬉しそうにエンは受け入れ、もっと撫でてくれというようにアオイの膝上でごろりと腹を見せた。

「この子……姉さまが連れていた子にとても似てるわ」

イトの大きな手の平が、エンの腹を優しく撫でるのを見つめながら、思い出したことを口にする。

二つ年上の姉のサクラは、いつも小さな従者を連れていた。

サクラに付いて回るその存在は人懐こく、アオイにもよくじゃれついてきたものだ。

サクラがいなくなってしまったのと共にあの子も姿を消したのだが、今、どこにいるのだろうか。

「姉ってのは、軍神の妃か？……あの妃、使い魔の主なのか」

イトが意外だというように、呟いた。

姉を知っているという口調に、アオイは身を乗り出した。

「姉さまに会ったの？　いつ？」

アオイがサクラに会ったのは、雪がちらつく冬のこと。アオイのもう一人の姉であるキキョウの婚約披露で。

たやすく会うことも儘ならない身分となってしまった姉は、それでも変わらない笑顔でアオイを抱きしめてくれた。

今度、会えるのは多分秋。

キキョウの婚礼の時だろうと、誰かが言っていた。

「最後に会ったのは……一ヶ月くらい前か」

イトの答えに、単純な羨望を覚える。

アオイは、もう随分とサクラに会っていない。

キキョウも優しい。でも、サクラの側にいると感じることができる春の日差しのような暖かさは、他の誰にもないものだ。

時折、アオイは無性にサクラに会いたくなる時がある。

「お元気だった？……殿下は、なかなか姉さまの里帰りをお許し下さらないんですって」

「軍神の寵愛ぶりが知れるな」

イトの答えは耳に入らなかった。

だって。

「……貴方、笑うのね」

アオイはイトの笑顔を見つめながら、呟いていた。

いつも憮然とした表情しか見せないから。

こんな風に、笑うのだ。片目を細め、唇の端を上げて。

「面白けりゃ、笑うだろ」

そうなのだろう。

「あんたも笑ってるよ」

いつの間にか、消し去ることなどできなくなっていた微笑み。

イトは視線を逸らさなかった。アオイを見ている。

「面白いもの」

言うと、イトはまた小さく笑った。

イトとの会話は楽しい。

だから、笑う。

これで、良いのだ。これで。

「……今、私、とても楽しいわ」

だから、笑っている。

アオイが言うと、イトは笑みを深めた。

心臓が、トクンと跳ね上がる。

アオイはイトの衣を握った。

男が許すのは、これだけか？

問えば、答えてくれるように。

アオイが求めれば、もう少し与えてくれるのだろうか。

アオイは自身が望むまま、イトの胸へと滑り込んだ。

「おい」

聞き慣れた呆れた声。

だが、それ以上何も言わなかった。アオイの背中に腕が回されて、ただ抱いてくれる。

エンがイトとアオイの間で満足げに丸くなって目を閉じた。アオイもまた、瞼を伏せた。

何かがアオイの中で、変わりつつある。

まだ、それははっきりと形をなしてはいないけれど。でも、確実に少しずつ。

5日目

胸がざわつく。
どうして？
これは何？
これは、不安というもの。
少し前なら、意識することのなかったもの。なのに、今は。
不安、不安、不安。
それ一色の世界。
アオイは飛び起きた。
降り注ぐのは朝日。明るい、何一つ蔭りのない世界。周りを見回す。
ここがどこでもいい。
今がいつでも構わない。
ただ一つ、男がいない。それだけ。
それだけで、指先が冷たくなってくるようだ。
寒いはずもないのに、体を覆うように掛けられている布地を引き寄せる。

大きなグレーのマントは、ここにいない男のもの。

これがアオイの元にあるということは、戻ってくるということなのだろう。

名を呼ぼうとして、少しだけ待ってみる。

その間にも、不安がじわじわと大きくなっていく。

だめ。

無理。

耐えられない。

どうして、あの男がいないだけで、こんなに不安になるのだろう。

「……イト？」

小さな声は、どこにいる男にも届くはずがない。だが、思いがけなく返事があった。

「チッ」というそれは、ひょっこりとマントの中から顔を出した。

エン。イトの使い魔。

胸元へと寄ってくる体を撫でれば少しは気持ちも落ち着くが、それでも渦巻くものは消え失せはしない。

「イトはどこにいるのかしら」

エンに言うともなく呟くと、思いのほか良い反応が返ってきた。

ぴょんとアオイの胸元から飛び跳ねて大地へと足をついたエンは、アオイを呼ぶように再度小さく鳴いた。

「エン？」

イトのマントを抱きしめたまま、寝起きで重い体を起こし、魔獣に促されるようにしてなんとか立ち上がる。エンは、途端に勢いよく走り出した。

「え、エン⁉」

走り出した小さな子を追う。

エンは、アオイを導くかのように、時折スピードを緩めたり、立ち止まったりしながら迷いなく進んでいく。

とは言え、アオイの足元は覚束ない。しかも、アオイの体の大きさまでを気にかけてくれるはずもないエンは、背の低い木々や草花が生い茂る中をちょろちょろと器用に走っていく。

結果、アオイは葉に塗れながら走る羽目になった。

そして。

「イト！」

視界が開けると同時に、見つけた男の名を呼ぶ。呼んだは良かったが、そのまま固まる。

何故なら。

まるで、自分とは別の生き物のような裸体が、そこにあったからだ。肌の色の違いはもちろんだが、それは些細な違いに過ぎない。

幾度となく寄せた体が、自身より大きいことも分かっていた。

だが、これほど違うものなのか。

広い肩、厚い胸、それから太い腕。

アオイの知る自分自身の体が、どこもかしこもなだらかで柔らかい線を描いているのに対し、男の体は時に一筋に鋭く、時に複雑な流線で、その身を作り上げていた。

そして、その体の至る場所には、顔にあるのと同じような傷痕が無数と思えるほどに刻まれている。

なんて。

素直な感嘆を抱きながら、それをどう表現すれば良いのか。

荒々しく。

痛ましく。

そして、美しい？

「……おい」

イトが水浴びをしている、という事実に気がついたのは、いつもの呆れたような声をかけられてからだった。

「ごめんなさい」

慌てて、イトに背を向ける。

顔が熱くなり、鼓動が速まる。

「別に、俺は見られても構わねえけど」

水音がする。

「あんたは見ても楽しくないだろう?」

隣に気配を感じて視線を向けると、布地を羽織っただけのイトがいる。

濡れたままの体を気にすることもなく、衣装を身につけていく男を見ていられるはずもなくて、視線を逸らした。

やがて着替えを終えたイトは、アオイの手元にいるエンの額を指で弾き「もう少しまともな道案内をしろ」と呟いた。

エンは不満げにプイッとイトから顔を背け、アオイの胸元に丸まる。

イトは肩を竦め、アオイを見下ろした。

不意に指先が、頭に触れる。

「こいつに、連れまわされたな」

言いながら見せた指先には、小さな葉っぱ。

「あんまり寝起きは良くないみたいだったから、大丈夫かと思ったんだが……」

葉が指から離れて落ちる。

「置き去りにして悪かったな」などと、謝られるとは思わなかった。

アオイはびっくりして、イトを見上げた。

イトは再び手を上げて、アオイの髪についているらしい葉や小枝を取り除いていく。

世話を人に任せることには慣れている。

しかし、どうしてか、今はとても恥ずかしい。イトの顔を見ていることはできなくて、俯きつつ視線を湖へと流した。

先ほどまで、イトが水浴びをしていた場所は朝日を受けて光を弾いている。

残像のように浮かぶそれを振り払いつつ、キラキラと揺れる水面を見ていると、アオイの中にウスラヒの元での不思議な体験が甦(よみがえ)る。

「イト」

湖を見つめながら、名を呼ぶ。

「私、イトを見たわ」

あれは、何だったのだろう。

「ウスラヒに言われて鏡を見たの。あれは……」

イトの手が止まる。

湖からイトへ視線を戻せば、目の前の男はじっと森を見ている。昨日、歩きながら見せた顔とも、また少し違う。

あの時、イトは怒っているのではないと、考えているのだと言った。

今の顔は？

今のイトの感情は何？

「……イト？」

アオイは、イトの衣を引いた。

「忘れろ」

ポツリと言う。

「忘れる？　あの鏡のことを？」

尋ねると、イトはアオイに背を向けた。一瞬拒否されたのかと思った。

だが、そうではなかった。

「忘れろ。鏡も、ウスラヒも」

それに答える言葉を見つけられないアオイに代わるように、森の中から声が聞こえた。

「いいえ、忘れられては困ります」

イトから小さな舌打ちが零れた。

現れたのは四人。

一人の男は剣を鞘に納めたまま、イトに深く一礼した。

初老に差し掛かった、だが動きにはまるで隙がない男は紛れもない戦士。

その男の左右に、イトより幾つか若そうな男が二人。静かな中央の人物に対するかのように、剣呑な空気を漂わせつつ剣を構える。

そして、残る一人は、まだ十歳になるかならぬかに見える子供だった。小さな体には不似合いにも思える剣を、教えられたとおりの型で構えている。

恥じるところはないとばかりに、朝日の下、晒す四人の姿は、イトと同じ血を現していた。

「剣を納めさせろ」

イトは男に命じた。

アオイがイトの衣に、指先で皺を刻む。

ちらりと見やれば、その澄み切った緑の瞳は子供に向けられていた。自分よりも小さな子供が、イトに向かって剣を構えるのを呆然と見ている。

一度として戦に赴いたことのない貴族の娘にしてみれば、驚くべき光景なのだろう。幼気な———と人々が思う子供でさえも、グレンダである以上、人に剣を向けることを宿命付けられる。

グレンダが忌み嫌われた理由がここにもあった。

「その娘、我々に頂きたい」

中央の男が、イトに語りかけた。

深く響く、こんな状況でなければさぞかし心地よいだろうと思わせる声だった。

「随分と鼻が利くな」

イトは自らは剣に手をかけることもなく、静かに返した。

「ウスラヒ様の命ではありません……あの方は貴方を支持しておられる」

ウスラヒの――――いや、水鏡の信奉者は、この行動が自らの意思であると告げた。

「イトヨウ様」

そして、イトの真の名に敬称を掲げて呼ぶのか。

「貴方はグレンダを去られた身。水鏡の操り手は不要でございましょう」

確かに、グレンダを捨てたのはイト。

だが、それはグレンダの消滅を意味している。

「グレンダはもうない。水鏡もいずれ消える」

それを分からぬ残党は、こうして、いまだ彷徨（さまよ）い続けているのか。

子供の持つ剣先が、僅かに揺れる。

「貴方は良い。そのように、お一人で生きていける」

男は言いながら剣を抜いた。倣うように、若者と子供が剣を構え直す。

「しかし、同胞の中には……頼るものがなければ生きていけぬ者もおります」

何かの合図があったように、若い男が握る剣の一つがイトへと突き出された。

アオイを背後に庇いながら、それを躱し、しかし自身は剣を抜かない。

「どれだけの連中が、この娘を知っている？」

男に尋ねた。

答えはない。

避けた剣が、再度、イトに振るわれる。

イトは、男の腕を捕らえて、その動きを止めた。

若い男は憎悪さえ感じる激しい視線で、イトを見上げた。

見知った顔だ。名前は――なんだっただろうか。覚えていない。

イトは、男の腕を捻(ひね)り上げ、己に向けられていた剣を奪った。

一瞬の迷いもなく、それを男の首へと振り落とす。

背後で、アオイの握る衣が大きく揺れたのを感じた。

足元に、倒れ込む体。それから離れることを余儀なくされた頭が、転がり遠ざかる。

死に際の恐怖に引(ひ)き攣(つ)っているであろう表情が見えないことに安堵したのは、己ではなくアオイを思ってだ。

「今なら……見逃してやる」

この者達は、アオイに危害を加える者ではない。

いや、この先のアオイの人生においては、もしかすると途方もなく障害となる者達かもしれない。

それでも、できれば、命までは奪いたくない。

それでは、グレンダを滅ぼす旗手となった意味がない。

だが、イトの言葉は届かなかった。

もう一人の若い男が、剣を振り上げながら向かってくる。イトは血を滴らせた剣で、それを受けた。

衝撃に血が弾かれて、イトに降りかかる。

「引けません」

反対側から、語る男の剣が突き出されるのを、その腕を摑んで捕らえる。イトを振り払おうとするのを、強く引き寄せて目の前の男の胸へと導いた。

同胞の剣に背までを貫かれた二人目の犠牲者は、呻きとも悲鳴ともとれる声を漏らして膝をついた。イトに向けられていた剣は、僅かにイトを掠ることもなく大地に転がる。

ドサリという音が、人が骸と化したことを知らせる。

イトの眼は、既にその男を見ていない。イトが見ていたのは、唯一名を知る男。

同胞の胸に剣を奪われた男は、静かな瞳でイトを見つめていた。

この男の名は知っている。

だが、もう必要ない。

何故なら、呼ぶことは二度とないから。

自由を得た剣で、イトはその男の首筋を切り裂いた。鮮血が舞い上がる。

全て、一瞬の出来事。ほんの一瞬で、静かで穏やかだった森に地獄が出現した。

「……相変わ、らず……お強い」

初老の男は消えそうな、そしてどこか恍惚(こうこつ)とした声で呟いた。

仰向けに倒れた男を見下ろし、イトはもう一度尋ねた。

「他に娘を知る奴は？」

男は今度は答えた。

「おりません。少なくとも私は誰にも」

頷きながら、イトは最後の一人に視線を向けた。

「あんたの孫か？」

答えはなかった。

イトも期待はしていなかった。

最後の一人。子供は、ガクガクと震えながら、既に構えてさえいられない剣に、しがみつくようにしてなんとか立っている。

イトは剣の血を払い、子供へと踏み出した。

「イト!」

アオイが背中にしがみつく。振り返れなかった。

どんな瞳で、自分を見ているか知りたくなかった。

「あの子、を……?」

その先の忌まわしい言葉を綴ることはできないようだった。

「イト」

何を願うのか。

天使は、殺戮者(さつりくしゃ)に何を諭すのか。

「イト」

アオイはただイトにしがみついて、縋るだけだった。

イトは、子供を見つめた。

ほんの一日前、この子供と同じ年頃の子を救った。

今は、その命を絶つのか。

「人を斬ったことがあるか?」

尋ねた。

子供は首を横に振る。

「獣を斬ったことは？」

同じ返事。

イトは、今しがた散った命の傍らに跪いた。そして、横たわる遺体に剣を向ける。

「イト？」

イトは、三つの遺体の耳を裂いた。まだ、そこからは真新しい血が滴り出る。

「グレンダは生まれてすぐに耳に証を埋め込む。知っているか？」

子供は三度、首を振った。

グレンダの容姿を持つ子供。

だが、人を殺(あや)めたことも、獣を狩ったことも、失われた者の送り方も知らないと答える。

それは、何を意味しているのだろうか。

イトの手が血の中から拾い上げたのは、紫の石が埋め込まれた金細工だった。

「まともな死に方なんてできねえから……死んだことだけが待つ者に知れれば良い」

イトは剣を置いて、子供に近づいた。

身を強張らせる子に「手を出せ」と命じる。

剣から離れた小さな手の平の上に、まだ温もりの残るそれらを乗せた。三つの耳飾りは、全て形が違っている。見る者が見れば、これらの主が分かるはずだった。

「お前の耳はきれいなままだな」

子供の耳には、飾りどころか傷一つなかった。それが、誰かの望みだったのだと思いたい。

遺言代わりの宝石などいらない生き方を誰かが望んだと。

「……貴方は……ないのですね」

子供の応答にイトは眉を上げた。

青ざめて震えながら、必死に隻眼を捉える。

気丈な――それは、女児であることに、イトは気がついた。

「俺には知るべき者がいないからな」

イトの耳には、自身でちぎり取った傷痕があるのみ。

子供は、じっとイトを見つめた。

きれいな紫の瞳。

あるのは怒りと怯え。

慣れた視線だ。こんな視線に晒されて生きているのだ。

イトは空を見上げ、甲高い指笛を鳴らした。

すぐに、青空の中に黒点が現れる。

「あの鳥が分かるか？」

子供が頷くのを確認して、続ける。

「あれがウスラヒのところに案内する」

はっとしたように、鳥からイトへと視線が戻った。

「……殺さないのですか？」

殺すべきかもしれない。

その方が、この子供も楽かもしれない。

「どうして？」

どうして。

理由が必要か。

「天使が……殺すなと言う」

否定し続ける存在。

だが、今はそれが相応しい気がする。

「生きろ」

どんな未来をもたらすか、今は知る術を持たない天使が、そう望むから。

子供は、アオイを見つめた。

やがて、何か納得したように立ち上がった。

「あれは祖父と叔父です……私は貴方に復讐するかもしれません」

イトは頷いた。

今は、それが生きる理由で良い。

「俺を殺したい連中はいくらでもいる。誰かにやられる前に来い」

生きていれば、その意味も理由も変わる。

今は、イトへの憎悪と復讐心で生きながらえればいい。

イトが指を鳴らすと、旋回していた鳥が動き始める。

子供は剣を鞘にしまい、それを追って走り出した。

茂みの中に紛れる背中を見送り、イトは転がる遺体に視線を移した。

見たいものではない。今更、心が痛んだりはしないが、これらに自らの功績を感じることもない。

それでも、そこに視線を置いたのは、アオイを見ないためだ。

まっすぐにイトを見ていた瞳は、変わっただろうか。

嫌悪、非難、侮蔑、そして恐怖。

あの鮮やかな緑は、そこに何を浮かべているだろうか。

「イト」

名を呼ぶ声に変わりはないように聞こえる。

だが、アオイを見ることはできない。

イトは、いつの間にかアオイの手から滑り落ちていたマントを拾い上げた。

座り込むアオイの横をすり抜けて湖へ近づくと、顔と手に付いた血を清らかな水で落とす。衣類に飛び散った血痕は、足掻くだけ無駄だから、マントで覆い隠した。

これが、本当の姿なのだ。血に塗れた殺戮者。

「イト」

アオイが、また、名を呼ぶ。

その声は、少し震えているようだ。

「ごめんなさい」

意味の分からない詫びに振り返る。

「立てないの」

イトは少し迷い、結局アオイに近づいた。深くフードを被り、完全に己を隠して。

「……ごめんなさい」

小さな体が小刻みに震えている。

イトはアオイを抱き上げようと、跪いた。

と、イトが触れるより先に、アオイの震える腕が伸ばされる。夢にうなされたあの時のように、イトの首に縋り付く。

その動きにフードが外れ、イトはアオイと視線を合わせた。

息が触れ合うほど近く、アオイはまっすぐにイトを見つめていた。

今にも零れそうな涙を浮かべる瞳には、イトが予想した何一つとしてない。

変わらない澄んだ緑が、イトには理解できない絶対の信頼を湛えている。

「イト」

細い体は、迷いなくイトへと預けられる。

何故。

どうして。

こんなに、まっすぐになれるのか。

不意に突き上げた衝動を、渾身の理性と罪悪感で押しとどめた。

この娘は天使。

否定するそれを、あえて肯定することで、自らを戒める。

許されるはずがない。

この信頼も。抱く体の温かさも。全て、刹那のもの。

あと一つか二つ――朝と夜を越えれば、全て消え失せる。

イトはアオイを抱き上げた。

最初の日には羽の存在を疑うほど軽かったはずの体が、生々しい存在感を誇示していることに気がつきながら、イトはキリングシークへと歩みを進めた。

5日目と6日目の境目

夕暮れ時になって森を抜けた。

さすがに疲れきった様子を見せるアオイを、森の中で休ませるのは限界だろう。

温かい食べ物。柔らかなベッド。

彼女に必要なのは、そういったごくごく当たり前の日常的なものだ。

町に入り、場末の宿を目指す。

アオイには、深く深くフードを被せたが、それでも間近に近づけば並外れた美貌は隠しおおせるものではない。

薄暗い中でも、すれ違う者達の目は驚きに見開かれ、確認するかのように振り返る。

もし、探している者がいるならば。

それがどちら側の人間であろうとも。

イト自身の目立つ姿とあわせて考えれば、見つかるのは時間の問題だ。

今、この時にも、人の口から口へと伝わっているに違いない。

隻眼のグレンダが、天使を連れている、と。

だが、明後日(あさって)にはキリングシークに到着できる。

そうすれば。

この娘さえ、軍神に届ければ。

イトの何もかもが、元に戻るはずだ。

ただ、魔獣を狩るだけの日々。戦士であることでしか生きられない――何よりもグレンダを引きずっているイトヨウの日々が戻ってくる。

この娘もそうだろう。

ようやくのように宿で一瞬の休息が許されたアオイは、椅子に座り、果てたように宙を見つめている。

今は僅かにも笑みのないこの娘も、天使のように微笑む日々に戻るのだろう。

「水鏡というのは何？」

ポツリと言葉が落ちた。

人形のように座る姿に変わりはない。

背筋を伸ばし前を見据える姿は、可憐で凛としていて。

上等ではない衣を身につけているにも関わらず、紛れもなく誇り高い令嬢。

イトとは無縁のはずの人種だった。

「忘れろ」

イトは昼間と同じ答えを口にする。それ以外の答えはない。

アオイはイトへと視線を向けた。

「忘れた方が良いの？」

尋ねてくる。

少し前、言葉を見失って何も問うことのなかったのはこの娘のはず。

今は、迷わず問いかけてくる。

そして、イトは答える。

「忘れた方が良い。この何日かは、あんたにとってロクなもんじゃなかっただろう。全部、忘れてしまえ」

アオイは立ち上がった。

イトの真正面に立ち、見上げてくる。

「無理だわ」

きっぱりと言い切った。

少し意外に思う。

この娘は、こんな風に自らの言葉を語る者だったか？

「じゃあ、忘れた振りをしろ」

イトは疑問を押しやり、そう告げた。

「皆があんたにそう望むさ。望みに応えるのは得意だろう？」

アオイは首を振る。
「……それがたとえ貴方の望みでも……無理だわ」
白い指がイトの衣を握る。
既に湯浴みし、衣も着替えた。
今朝方、三人の血を浴びた痕跡はない。
それでも、血の生温かさの残骸が、イトを駆り立てるようだった。
今は、アオイに触れられたくなかった。
「忘れることなんて……できない」
そう言いながら、寄せられるアオイの体もまた湯浴みを終えている。
伝わる体温。
鼻孔をくすぐる香り。
これは誘惑なのか？
浮かぶ考えに、あり得ないと打ち消しながら。本当にあり得ないかと問いかける。
天使ではない。これは女。
寄り添う体の腰を抱く。
手の平に、柔らかな肉感。
ぐっと引き寄せて、初めて、イトからの接近を試みる。

逆らう意思は、アオイには微塵も見られなかった。
抱き寄せて、抱き上げて、安いベッドへと横たえる。
体を重ねれば、求めるように首へと腕が回された。

アオイの様子に気がつけたのは、まだ、イトの方にも迷いがあったからだろうか。
触れる指先に震える肌。
唇から漏れる声を、戸惑うように噛み締め。
イトを抱く腕は、ただただ縋るばかり。
どれも、これも。
まるで、物慣れない少女のようだった。
まさか？
やはり？
「……あの男は……あんたに何もしなかったのか？」
その意味さえよく分からないというように。
アオイは揺れるだけの瞳で、イトを見つめた。
それが、疑いを確信へと変えた。
「そうか……あの男は、ただ、天使のあんたを護りたかったのか」

イトはあの勲章の持ち主を知っている。

戦場ですれ違った高潔な騎士。

イトとは違う戦うための大義を持って、祈りながら剣を振るう男。

「……天使であるあんたを……天使のまま……」

ウスラヒ。

イトはここにいない女の名を、声なく呼んだ。

罵るために。

ウスラヒ、あんたはやはり悪魔かもしれない。

「イト？」

イトはアオイから、離れようと身を起こしかけ。

「いや」

それを、拙い腕が止める。

この腕は、庇護（ひご）を求めるだけのもの。

ならば、イトがすべきことは。

この何日かで覚えた欲望と無縁な抱擁でアオイを受け止めた。

「寝てしまえ」

これも、もう言い慣れた言葉。

アオイは、イトの胸に身を寄せた。

男の情事を途中で止めたということに、何ら不安も不満も感じさせない無防備な動作だった。

「貴方がそう言うなら……眠ることはできるの」

そう言って、瞳を伏せる。

長いまつ毛に僅かな震え。

目尻に僅かな雫を見つける。

イトは、それから目を逸らした。

天使。

悪魔。

神。

この世には、いない。

だが、そう呼ばれるに相応しい存在はいるのかもしれない。

「でも……忘れるのは無理だわ」

イトはそれに応えなかった。

寝てしまいたいのはイトの方だった。

忘れてしまいたいのも。

だから、応えないまま隻眼を閉じた。

この娘を拾った時は厄介事を抱え込んだと、そう思っただけだった。

今は、それとはまったく違うものが、息苦しさを感じるほどの重さでのしかかっている。

思い出すのは、一昨夜のウスラヒとのやりとり。

子供を連れて戻ったイトは、ツバクロとセキランがいる部屋のソファに眠るアオイを見て、嫌な胸騒ぎを覚えた。

子供の無事を喜ぶかつての仲間を送り出す間際、「ツバクロ、あの娘は……」と言いかけた言葉は「分かっている」の一言で遮られた。

あの二人が、イトの不利益になりかねないことを、軽々しく口にしないだろうことは承知している。むしろ、イトが恐れているのは彼らを巻き込むことこそだ。

もう、同胞ではないのだ。

小さな子供が剣を振るう真似をしたという些細なことにさえ気をはらい、必死にその地の者になろうとしている彼らにとって、イトとの関わりは何一つ良いことなどないだろう。

「ウスラヒ……何故、あいつらに娘を見せた？」

言わずとも分かっているはずだ。

イトに森を行けと予言した女は、イトが知ろうとしないことの全てをも知っていると思ったのは間違いだったのだろうか。

ウスラヒは、それについては何も言わなかった。理由も言い訳も、いくらでもありそうなのに。

「イトヨウ」

ウスラヒが口にしたのは、イトの真の名だった。

それは、この女がグレンダの残党としての、イトヨウに話をしようとしている証に違いない。

イトはそれを拒否するように背を向け、アオイに近づいた。

「その娘、あたしにちょうだいな」

いきなりの申し出に、イトは思わず振り返ってウスラヒを見た。

ウスラヒは、ちらりとも笑みのない真剣な顔で。

「……アオイ・オードルを知っていたのはね、水鏡が求めたからだよ」

それが切り札であるかのように口にした。

水鏡。

イトは、ウスラヒの足元にあるグレンダの神器から、あえて視線を逸らし続けた。

「水鏡に跡目を尋ねるとね……必ずその娘を映し出す」

イトは感情を一切消し去った声でそれに答えた。

「操り手の跡目はいない」

水鏡は、グレンダが一族として保有する唯一の形あるものだった。水鏡を護り、水鏡によって護られ、グレンダは存在を証明してきたのだ。

だが、水鏡の存在は同時にグレンダを陰の集団となすものでもあった。

人は見えないものを見る者を、知らないはずのことを知る者を畏怖せずにはいられない。人々は水鏡とその操り手を崇め奉り、時に縋り付きながらも忌み嫌う。

それを核として存在するグレンダも、また同じとみなされた。

「操り手はあんたが最後だ」

グレンダがなくなったその時に、水鏡も失われるべきだったのかもしれない。

グレンダの一族を解放という名の滅びに導いたイトヨウは、その場で水鏡も破壊すべきだったのかもしれない。

だが、イトヨウは水鏡を見逃したのだ。

「新たな操り手はいない。そうだったな？」

ウスラヒがそう告げたから。

最後の操り手が消えれば、水鏡は何も映し出さなくなる、と。

だから。

それまでは。ひっそりと。

存在は神話に限りなく近くなりながら、それでも事実としてそこにあったのだ。

イトの言葉にウスラヒは頷かなかった。

「……第一、この娘は軍神の義妹だ。そんなことは、あんただって知ってるだろう？」

ウスラヒはイトから目を逸らした。イトはウスラヒを見つめ続けた。

何故、今になって――跡目を欲しがるのだ？

かつて、残酷なまでの潔さで、一族の終焉を告げた女が何故？

「帝国に帰ってどうするんだい？」

ウスラヒは呟いた。

「堕ちた天使の行く末なんざ、たかが知れているだろう」

『堕ちた天使』というその響きにイトは眉を寄せる。

「今更、イルドナス王の元に輿入れする訳にもいかないだろう……男に攫われて……幾夜も越した娘だよ」

イトの知らないことを――知らなくても良いことをウスラヒが告げる。だが、イトはそれを聞き流した。

イトには関係のない話だ。

「ウスラヒ……、俺は命じられたとおり、キリングシークにこの娘を連れて行く。それだけだ」

告げるとウスラヒは大きなため息をついた。

「あんたが……その娘を拾うとはね……ついてなかったよ」

その言葉が、引っかかった。

天使を手に入れたかったのは、攫った男ではなかったのか。

穢してはならないと過ぎた信仰心の暴走ではないのか。

まさか。

「ウスラヒ」

名を呼べば、ウスラヒはいつもの謎めいた笑みを浮かべた。

「あんたか？」

水鏡はグレンダを護るもの。そして、グレンダは水鏡を護り、継ぐ者。

水鏡の求める操り手を手に入れるのも、グレンダの役割の一つだった。

そして、水鏡の求める操り手は、グレンダの一族とは限らなかった。

グレンダは、過去に幾人もの操り手を他部族から受け入れてきたのだ。

それは、ある時は政略であり——そして、ある時は——

「あんたが、この娘を……」

攫わせたのか。
天使への妄信を利用して。
あの男を操って。
天使の名を持つ操り手を、手に入れるために。
ここへと向かわせていたのか。
「……あたしはちょっと囁いただけだよ」
肯定とも取れる言葉に、イトは声を荒らげずにはいられなかった。
「ウスラヒ！」
過去には奪略してでも、手に入れた操り手。それは昔話ではなかったのか。
もう、グレンダは必要ない。時がそう告げている。
戦でのみ生きることを許される、兵の一族は滅びの時を迎えている。
そして、水鏡もいずれなくなる。
この世は、予言者ではなく――現人神（あらひとがみ）を求めるのだ。
未来を見る者ではなく、未来を見せる者が、この世を統べる。
そう予言したのは、この女ではないか。
なのに。何故。
「イトヨウ……流れが変わったんだよ」

ウスラヒが言う。

予言者の不吉な言葉は、もう聞き慣れている。

だから、心に響かない。

「何かが起ころうとしているんだ」

イトはウスラヒを睨む視線を緩めない。

たとえ、そうだとしても。

死ななくて良い男が一人死んだ。

何不自由なく過ごし、大国の妃として華やかに生きていくはずの娘がその未来を奪われた。

「水鏡が必要な時が来るかもしれない……だけど、あたしは……そう長くはない」

感情露わに縋るウスラヒから目を逸らし、イトはアオイを見下ろした。

『堕ちた天使』と呼ばれた娘は、それでも穢れ一つない姿で穏やかな眠りについている。

「だから、その娘を攫わせた。あの森で魔獣に襲われたのは予想外だったけれど、あんたが現れた。あんたが……グレンダの頭領のあんたが、その娘をあたしの元に連れてきた！」

ウスラヒの声は必死だった。

天使ではない、と言ったのはイト自身。

だが、誰もが天使と呼ぶ娘を貶めたのは――グレンダの亡霊なのか。

「その娘……水鏡を操ったよ。だから、あたしにおくれ……あたしの跡目として……」

「諦めろ」

イトは無情に告げた。

「イトヨウ」

ウスラヒの声に落胆が込められる。

「この娘はキリングシークの貴族だ。明るい場所でかしずかれて生きていく人種だ」

こんな日の当たらぬ場所で、女神だ悪魔だと囁かれるのは似合わない。華やかな場所で、天使と崇められているのが相応しい。

「運命だとあんたが言った」

運命なんて言葉は嫌いだ。

だが、この女はそう言った。

「水鏡が消えるなら、それも仕方ない……そうだろう?」

未来など見えなくても良い。過去など知らなくても良い。

それでも現在は動いていくのだ。

「そうだね……そうなんだろうね」

ウスラヒは足元にある水鏡に目を向ける。

ウスラヒの視線に応えるように、水鏡の表面がゆらゆらと揺れ始め、やがてそれはバシャンと激しく跳ねて、床に水を広げた。

「だけど、足掻かずにはいられなかったんだ」

イトは剣を抜いた。

ウスラヒに刃先を向ける。

「この娘に害をなす者があれば、排除しろと命じられている」

ウスラヒは怯むことなく、それを見つめた。

そして、微笑んだ。

「イトヨウ……その娘をあんたが拾った時から、あたしはもう何もする気はないよ」

イトはしばらくウスラヒを眺め、やがて剣を納めた。

ぐっすりと眠るアオイを見下ろして——厄介事が、自らの罪にすり替わった瞬間を味わう。

「あんたはあたしが仕えるグレンダの頭領だ。あんたの命に……あたしは従うよ」

グレンダの頭領などという地位は既に過去のもの。だが、今はそれを口にはしなかった。

それを口にすることは、罪から逃げる言い訳にしか思えなかった。

イトの思考を途切れさせる気配が動く。

ゆっくりと身を起こし、枕元の剣を手に取った。

ここは、キリングシークにかなり近い。だから、いくらかはマシかと思ったが、甘かったらしい。

いや、それだけあの国も必死ということか。

イトの動きに、アオイが身じろぐ。

イトは、目覚めかけた娘の口を手で押さえた。

「静かに……シーツに隠れてろ」

囁きで命じると、闇の中で娘はコクリと頷いた。

イトはベッドから降りる。

何人だ？

探る。

一人、二人——五人まで、数えて止める。何人でも同じだ。今日はいったい何人の命を奪うのだろう。

まるで、過去に戻ったようではないか。

一つ、違うのは。

あの頃、殺すのは生きる糧だった。
今は、護るために。
剣を振るう。
そこに、どれほどの違いがあるかなんて、分からないけれど。

どれくらいの時間が経ったのか。激しい物音。悲鳴。呻き。
アオイは言われたとおり、頭までシーツに隠し、ただ待った。
息を潜めて、身を縮めて。
その間、願っていたのは、イトの無事だけだった。
やがて、静けさが戻る。
さらにいくらか待って、アオイはそっとシーツから顔を出した。
「……っ！」
悲鳴は声にならなかった。
目の前は、悪夢。
屍、死体、骸。血、肉、骨。
そして、そこに立つ男。

それだけが、アオイにとっての救い。

「……ト」

声が出ない。

イト。イト！

声にはならないけれど。

何度も心でそれを呼ぶ。

それだけが、今この歪んだ世界の、確かなものだから。

呼ばれた気がする。

視線を向ければ、真っ青な顔の娘がイトを見ている。

震える手がそれでもイトを求めて伸ばされる。

歩きかけて。

現れた気配に、問答無用と剣を振り上げる。

相手はそれを、抜かない剣の鞘で受け止めた。

「イト！」

聞き覚えのある声だ。

イトは、すっと剣を引いた。

「お前……相変わらず容赦がないなあ」

感心したような、呆れたような声。

外したフードからは貴公子然とした、端整な顔が現れる。

「あんたが来たってことは……俺はお役御免か？」

天使の引き取り手としては、十分な存在だった。

漆黒の軍神の側近、シキ・スタートン。

幾度となく共に魔獣を狩った男を、貴族という毛嫌いしがちな身分を超えて、イトは信頼している。

この男ならば、何の疑いもなくイトはアオイを手渡すだろう。

だが、シキは首を振った。

「いや、確認に来ただけなんだが」

のんびり答えながら、周りを見回す。

遺体の中に立っているとは思えない、呑気（のんき）な動作だった。

「見事だな」

相変わらず緊張感のない男だ。

シキは、イトとは対を成すかのような傷一つない面に、女性に受けの良さそうな柔らかな笑みを浮かべながら。

「とりあえず、行った方が良いんじゃないか？」

そう言って、ベッドの上の娘を指し示す。

アオイは血の気のない顔で、シーツにくるまるようにしてイトを見つめている。

イトは遺体を無造作に避けて、アオイに歩み寄った。

声をかけるまでもなく、届く位置に辿り着くと同時にアオイの体はイトの胸へと崩れ落ちた。

ちらりと背後の男を見やれば、アオイの行動に驚いた風でもなく、そこが庭の一角でもあるかのような穏やかさでゆったりと近づいてきた。

シキはイトの横に立ち、イトの胸元で震えるアオイを見下ろし、そして、視線をイトに戻した。

「森で、グレンダの残党らしき遺体が三つ転がってた。あれ、お前だろう？」

いきなりの問いかけだった。

アオイはイトの腕の中でピクリとも反応しなかった。

「知らねえよ」

答える。

シキの穏やかな視線は変わらない。

だが、この男が見た目そのままの優雅な貴公子ではないことを、イトは熟知している。

「傷痕は、お互いの剣のものだった。お前のその馬鹿でかい剣の痕じゃない。一見、仲間割れの同士討ち……けど、お前だろ？」

イトは屈んでいるために見下ろされている。

それが気に入らなくて、アオイを抱き上げた。

「何故、そうなる？」

ほぼ真正面から、尋ねる男の視線を受け入れた。

「俺はお前の腕を知ってる」

ありがたくない確信の得方だ。

黙っていると、シキはここに来た理由を告げた。

「こっちの刺客は天使絡みだ。キリングシークの膝元でやらかすとはよほど切羽詰まってるみたいだな……だが、グレンダの方は違うだろう。何が起きてる？　その天使絡み以外で何かもめてるのか？」

イトの腕にいる娘をこの男も天使と呼ぶ。

腕にある温もりと重さを実感しながら、だが、今はその呼び名を否定しない。

代わりに告げたのは。

「ここでこの娘を引き取ってくれるなら、その方が良い」

初めて腕の中でアオイが反応した。

ピクリと体が揺れて、イトの衣を握る手の平に力がこもる。

「それじゃ返事になってないんだが」

シキの視線がアオイの手に注がれているのを知りながら、それを男がどう思ったかは考えない。

そして、シキの問いへの明確な答えを口にした。偽りと知れるだろうと思いながら。

「グレンダの遺体のことは知らねえよ」

シキは足元に転がる遺体に目を向けた。そこには何の感傷もない。

この男もまた戦場で生きてきた者だから。これも日常の一つに過ぎない。

「お前みたいな裏道を知り尽くしたのが連れていても、数日でかぎつけられるほど目立つ天使を、いくら優秀とは言え一騎士がどうやって十日も連れて歩けたんだろうな？」

こんなことを口にする時でも、この騎士は悠長な口調を変えないのだ。

探り合う会話は得意ではない。

「……何が言いたい？」

イトは先を促した。

「誰かが手引きした、とか。敵の先を読んで……どこかに天使を呼び寄せようとしていた、とか？」

シキの目が天井を見上げる。

「そんなことをできる人間に心当たりはあるんだが……理由がなあ」

視線がイトに戻ってくる。

「と、うちの片割れが」

にやりと笑う。

シキの片割れ。

あの優秀な策士か。

「あんたの片割れは……相変わらず穿ったものの見方が得意だな」

つい、苦笑いが零れた。

どんなにイトが黙秘しようと、知れる時には、知れる者には、やはり知れるのだ。

「イト？」

それでも、全てを話すことはできない。

いずれ、知れたとしても。

今は、アオイには何も知らさないまま、キリングシークに戻したい。

「何もねえよ」

だから、答える。

「明日、キリングシークに到着する。それで終わりだ」

そう、それで全て元に戻ったような振りをすれば良い。

「……まあ、いいか」

シキが納得した訳ではないのは、分かっている。だが、それ以上尋ねてこないのが、この男だ。

「今日ここに来たのは俺の独断だし……森の遺体はタキには内緒にしてあるし」

視線で、その方が良いだろう？　と尋ねてくる。

何も答えないことを答えと受け取ったらしい男は、視線をイトの胸元に移した。

「私を覚えてますか？」

幼い子にも極めて受けが良いだろう笑みでの問いかけ。

アオイは、小さく頷いた。

怯えるように――顔見知りの騎士の何に怯えるのか、イトの胸元になお身を寄せる。

そして、僅かにも笑わなかった。

シキは気分を害した風もなく、

「もう少し、この男とご一緒頂きますよ」

そう優しい口調で語る。

アオイは、もう一度頷いた。

イトはアオイを抱いたまま、シキに背を向けかけて。

「ここの後始末は頼んだ」

一言言い捨てる。

シキは辺りを見回して、眉を寄せた。

「軽く、面倒を押し付けてくれるなあ」

そうは言いつつ、行けとばかりに手を振ってみせた。

「まあ……了解。気をつけてな」

どこまで、気がついたのか。

何を、気がついたのか。

にっこりと笑う男の心中は分からない。

6日目

夜が明けるには、もう少し時間が必要なようだった。

いくらの明かりもない道を、イトの足は迷いなく進んでいく。

イトのマントが作り出す、夜よりなお深い闇の中、アオイは今しがた見た地獄に怯えて震えた。

イトの剣が築いた光景なのに。

イトから漂う血の香りが、なお、それを近づけるのに。

それでもイトから離れたいとは、ほんの少しも思わなかった。

「イト」

ようやくか細い声が出る。

「イト」

イトは何も答えなかった。

ギュッとイトの首に腕を回し、許される限り身を寄せる。イトの腕が、それを助けるようにアオイを引き上げる。

それだけで、良かった。

イトの規則正しい歩みが奏でる心地よいリズム。どう払おうとも消え失せない、凄惨な光景。

その狭間(はざま)で、アオイは意識を失った。


不意にマントが外された。

限りなく眠りに近い、しかしながら決して心穏やかとは言えない混沌(こんとん)とした中を漂っていたアオイの感覚に、突如の解放が与えられる。

重苦しい匂いは、木々の青さに。

闇は、目覚め始めた僅かな光に。

イトの息遣いは、水のせせらぎに。

先ほどまでの世界とはまるで違う明るさに、アオイはむしろイトの胸に顔を伏せてそれを避けた。

少しの間をおいてから、そっと顔を上げる。

そこは既に森の中だった。

ぐるりと木々に囲まれている。緑の合間を、弱々しい朝日が照らしている。

目の前には、川の流れ。

イトはアオイをそっと降ろした。

アオイを見ることも声をかけることもなく、川に歩み寄り水の中に足を進めていく。

アオイはその背中を、ただ見つめた。

光の下に晒された銀の髪、浅黒い肌——それが、血に染まっている。

色濃い衣は彩りを呑み込んでいたが、それにもおびただしい紅が染み込んでいるのだろう。

イトは衣を身につけたまま、腰辺りまで水に浸かった。

さらに全てを清めるように、頭まですっかりと水の中に埋め尽くす。静かな動作は、川の流れに大きな波紋は描かない。

だが、夜明けの光を迎え始めた水に、イトが浴びた返り血が流れ出たのをアオイの視線は見逃さなかった。

しかし、それも一瞬。

川は、すぐさまそれを溶かし込み、何事もなかったかのように流れていく。

「イト」

数秒の後、水からゆっくりと現れた男を呼んだ。

「忘れることが増えたな」

イトは背を向けたまま。

まだ、そんなことを言うの？

忘れろと？

あの光景を。

水鏡というものを。

そして――――貴方を？

アオイは手に持っていたイトのマントを手放すと走り出した。

衣が濡れるのも構わず、川へと踏み込む。

穏やかにも見えた流れに、足を取られそうになりながらもイトへと辿り着き、向けられたままの背中にしがみついた。

「貴方が殺したのは、私のせいなのでしょう？」

いつから、私はこんなに多くの問いかけを覚えたのだろう。

この男といると、アオイの中は常に疑問でいっぱいだ。

だが、そのアオイの問いへの、イトの返事はない。

アオイはさらに尋ねた。

「貴方が殺したのは……誰？」

無理なのだ。

何も聞かず、ただ微笑むことなど、もはやできない。

少し前なら。

イトに出会う前なら、何も聞かなかった。望まれるまま、忘れて。
微笑んだかもしれない。
でも無理だ。
天使などではいられない。
だって、私は知りたい。
貴方を知りたい。
「イト……あの人達はどうして私を？」
イトは振り返らない。
それでも、「さあな」と答えがある。
知らないのか。
答えたくないのか。
アオイはさらに問うことはしなかった。
それは、どうしても知りたいことではない。
それは、イトが知らないというなら、答えないならそれでいい。
「私、どうすればいいの？」
ようやく尋ねたいことが分かった。
ようやく、それを口にすることができた。

「俺の役目は、あんたをキリングシークに連れて行くことだ」

背中越しの答えに首を振った。

違うの。

イト、違う。

「その先のことは俺には関係のないことだ」

イトは言って、胸に回されていたアオイの手を外す。そして、手を引いて陸へと歩き始めた。

引かれるままに付いていきながら、アオイは己の手首を掴む男の指を見る。

昨夜、その指が触れたのだ。

衣越しではなく、直接の肌に。少しも嫌ではなかった。

むしろ、離れた時の心細さだけが、アオイを苛む。

どうすればいい？

問いの真意は伝わらない。

伝えるというのは、どうしてこんなに難しいの？

だが、届けなければいけない。

この胸にあるものを。

「イト」

アオイはイトの手に自身の手を重ねた。

「どうすればいいの？」

どうすれば、イトの側にいられるの？

イトに触れて欲しい。

アオイは、イトが――欲しかった。

人も物も、こんな風に欲したことなどない。

だから、どうすれば手に入るのかなんて分からない。

「……お願い、私を拒まないで」

川を出て、離れる大きな手の平を、頼りない華奢な指で追いすがる。

必死の思いで。

それしか、できない。

「拒む？」

ようやく、イトが振り返る。

感情の読みにくい面に、それでも不審を浮かべて。

「私の微笑みはいらないと言ったの」

それは、私を拒否する言葉？

「天使はいらないって言ったわ」

それは、私を否定する言葉？

「俺の言ったことなんかは……」

言いかけた言葉を遮る。

「貴方がいらないいなら微笑みたくない。貴方がいらないなら……天使なんてなりたくないの」

うまく伝えられているかなんて分からない。でも、言わなければ、カケラも届かない。

「どうすれば……貴方は私を拒否しないでくれるの？」

イトの隻眼が、アオイを見下ろす。

一つの瞳に浮かぶ感情が何なのか。

アオイには分からない。ただ、アオイは目を逸らさなかった。まっすぐに見つめる。

「あんたは今普通じゃない」

やがて、イトは言った。

聞き分けのない子供を、諭す大人の声音だった。

「元の生活に戻れば、何もかも忘れる」

本当に？

戻れるの？

貴方は戻れるの？
私は。
そして、アオイは告げる。
「戻れないわ」
私は、戻れない。
だって、知ってしまった。
貴方という存在を。
私という存在を。
「無理だもの。どんなに望まれても……もう、笑えないもの」
天使ではいられない。
何も問わず、何も語らず。
ただ、そこで望まれるままに笑みを浮かべる。
そんな空虚な無邪気さは、もうアオイにはない。
「イト……私は貴方の側にいたいの」
イトのせいだ。
地獄から、アオイを救った男。地獄をアオイに見せる男。
天使などいらないと否定し、上辺の笑みを拒否する。たとえそれがイトの本意ではなかったとしても。

アオイを天上から引きずり落として、現実を突きつけたのはイトだ。

「アオイ」

イトが名を呼ぶ。

いったい、何度目かというくらいに滅多に呼ばれないそれに、甘美さを覚えることもなく身が竦んだ。

「あんたを攫わせたのはウスラヒだ」

イトの声は、まるで感情がなかった。見つめる先の表情も、また無。

「……ウスラヒがあんたを手に入れるために、あの男を操った」

何を言っているのか分からない。

それでも疑問を一つ。

「……何故？」

尋ねる。

「あんたが水鏡の操り手だからだ」

イトは答えた。

だが、アオイは首を振った。

「違うの」

そんなこと、いくら聞かされてもアオイの中に流れ込まない。

アオイの瞳に映るイトの表情だけが、アオイの思考を網羅する。

「どうして……貴方が、そんな顔をするの？」

無の底にある苦悶。

痛みを押し殺すような。

悔恨に圧し掛かられているように。

「水鏡を遺したのは俺だ」

だから。

「あれが今ウスラヒの元にあることを赦したのは……俺だ」

それが、貴方を苦しめるの？

「今、ここにあんたがいるのは、俺が水鏡を遺したからだ」

それが、貴方を傷つけるの？

「こんなことさえなければ……あんたは、天使でいられたのにな」

アオイは首を振った。

そんなことは、今や僅かな望みでもない。それでも。

ふと視線が落ちる。

「……私が貴方の側にいたいと願うのは……貴方を苦しめるの？」

気がついたのは、そういうこと。

前ならば気がつかずに見過ごしたことに気づく自身を、どう受け止めれば良いのか分からない。

そして、気がついたからといってどうすれば良いのかも知らない。

「アオイ……違う」

武骨な指がアオイの頰に触れた。

「あんたが今口にしていることが、いずれあんたを苦しめる」

アオイは口を閉ざした。

「……俺はあんたを苦しめたくない」

首を振る。

違う。イト、違うの。

だけど、ようやく動き始めたばかりのアオイの言葉や想いは拙くて。まだ、イトに伝えきれていない気がした。

まだ、言わなくてはいけないことがある気がした。でも。

もう、何も話せない。何故なら。

イトの隻眼がひどく痛々しいから。

アオイが何かを言うたびに、その紫の瞳が沈んでいくから。

だから、もう何も言えなかった。

天使は眠ったようだ。

言葉を覚え始めた子供のように紡がれた数々の問いかけ。

それに残酷な答えを与えたのはイト。

そして、アオイは口を閉ざした。

微笑むこともなく、ただ、黙々と歩く姿は出会ったばかりのアオイのようだった。

ほんの数日だ。

この数日で、アオイは変わった。

変えたのはイトだろうか。

否、変えたのはこの異様な状況。イトはその一つに過ぎない。

それが、アオイを変え、その変化に戸惑うアオイは目の前の男に縋っただけだ。

今はイトを求めていても、いずれそれは消えて後悔だけが残るだろう。

その時になって。

縋る指が拒む腕に変わった時に、あっさりと離してやれるだろうか。

イトは眠るアオイの頬に指を触れる。

滑らかな質感が、硬い皮膚を刺激する。
欲しているのは。
側に、と望んでいるのは。むしろ、イトの方だ。
己に誤魔化しを許さずに告げるなら、イトはアオイが欲しかった。
それはアオイよりも明らかな想いの所在。
アオイよりもあからさまな欲望の存在。
イトはアオイよりも、よほど自身の中にあるものを理解している。
イトはアオイを手に入れたかった。
美しい娘。
姿かたちではない。
イトをまっすぐに見つめる瞳。
どんなにイトが血に塗れても、なお揺るがない緑の彩り。
それが、何よりも欲しいと。
静かに。
だが、激しく。
いっそ、手に入れてしまおうかと思わぬことはない。
抱いて、堕とすところまで堕として。

だが、頬に触れた指は、それ以上は動かない。できるはずもない。

この娘は、イトが手に入れて良い存在ではない。だから、自らに言い聞かす。

これは天使。

ほんの一時、イトの懐に迷い込んだだけの天上人。明日には、元のあるべき場所に戻る者。

そして。

イトには、魔獣を狩るばかりの日々が戻るのだ。

7日目

日が昇る。歩き出す。
森を抜ける。
見えてきたのは、一度として訪れたことのない荘厳な屋敷。
少しの懐かしさもない。
僅かな安堵もない。
だが、それが一変する。
「アオイ！」
聞き覚えのある声。
堅牢(けんろう)な門の外まで駆け出して、アオイへと近づいてくる姿。
「……姉さま」
呟いて。
自らの声で、それが姉だと気がつく。
アオイもまた駆け出す。
目の前にある、アオイを拒むかのように振り向かない広い背を通り越して。

アオイよりもいくらか小柄な姿を求めて走った。

「姉さま！」

手を伸ばし抱きつけば、同じような強い腕が抱き返してくれる。

戻ってきた。

正確に言えば、ここはオードルの屋敷ではないから、戻ってきたとは違うかもしれない。

でも、この数日間触れ合っていた男ではない――サクラの温もりに日常に戻ってきたのだという実感が急に膨れ上がる。

「アオイ」

柔らかな姉の声。

それは安堵をこそもたらして然るべきだ。

「無事で良かった」

温かな体温はアオイを包んで癒してくれるはずなのに。

いや、もちろん、体の力を抜いて姉に縋ることで得るこの安堵感はアオイを満たす。

だが、同時に訪れる不安。確実に近づく決別の時。

姉から身を離し振り返れば、少し離れたところで、隻眼の男が片膝をつき、頭を垂れている。

そして、サクラの背後には、数えるほどしか顔を合わせたことのない軍神と呼ばれる義兄がいた。

「イト様……妹を助けて下さってありがとうございます」

サクラがイトに声をかける。

イトは頭を上げたが、立ち上がらなかった。

「面倒をかけたな」

カイの言葉にもイトは何も言わず、ただ、もう一度、頭を下げただけだった。


目の前の三人の男に、イトは全てを語る覚悟を決めていた。

隠しおおせるはずもない。

イトを知る騎士がいる。イトヨウを知る策士がいる。そして、イトが跪く軍神がいる。

だから、知り得る全て――いや、二つを除いて。

アオイの想いと己の想い。

その二つを除いた全て。

今回のアオイ・オードルを取り巻く一連のきっかけが、彼女を手に入れたいが故のウスラヒの謀(はかりごと)であること。

アオイ・オードルが水鏡の操り手としての資格を持ち得ること。そして、アオイを欲するグレンダの残党が存在すること。

「ウスラヒのことは不問にせざるを得ないでしょう」

タキがカイに確認するように視線を送る。カイはそれに頷いた。

「それにしても、アオイ様が水鏡を……ですか」

続いた呟きには、イトが応える。

「どれだけの連中が、それを知っているかは分からねえ」

どれだけのグレンダが、いまだ生き様を求めて彷徨っているのか。

イトが殺した男の一人——イトヨウを戦士に育て上げた男が語ったように、頼るものがなくては生きていけぬグレンダは確かに存在する。イトヨウはそれを分かっていて、グレンダを切り捨てた。

グレンダは滅びの一族。水鏡はウスラヒが最後の操り手。生きることを望むならば、ここを去れ。

生きることのできぬ者は、ここで果てろ。

そう、言い放った。

「天使を攫いに来るか？」

シキが尋ねてくる。

グレンダの名を捨てきれない者達にとって、水鏡は何にも代え難い。ツバクロやセキランのように、イトヨウの言葉を解し、グレンダを捨てて生き抜く道を選んだ者も少なくはないが、ただ、水鏡の跡目が出現したとなると、話は別になってくるだろう。

水鏡への憧憬は、グレンダの終焉を悟った者さえも駆り立てるかもしれない。

「可能性は否定できねえな」

イトは正直に答えた。

知れれば、攫いに来る連中はいるだろう。

「グレンダの残党か……厄介なんだよな」

昨日と変わらぬ飄々とした態度でシキは呟く。

「何せ腕が立つ。できれば敵に回したくないんだが……」

そして、何か言いたげにイトに視線を寄越した。

その視線の意味を考えることも問うこともなく。

傍らのタキを見やる。

「良いのですか？」

タキは無表情のような笑みでイトに問いかけた。

「何がだ？」

策士の問いにイトは慎重に答えた。

語らぬと決めたことを、語らぬために。

「グレンダの頭領として、水鏡の操り手を手中に収めなくとも？」

イトは吐き捨てるように笑った。

今更、何を言うのか。

「グレンダはもうねえよ」

そうだ。

もうない。

流浪の民。戦士の集団。

それは、戦場が作り上げた陰の一族。

道義もなく。正義もなく。

ただ、剣で殺戮を繰り返すことだけで存在を誇示する忌まわしい一族。

帝国キリングシークによって築かれつつある未だかつてない平穏な時代は、戦場でしか生きられない一族の存在を拒否するだろう。

ウスラヒが一族の終焉を予見する前から、イトヨウはそれを感じていた。

己らが滅びゆくであろうこと。

人々は平和な日々に残像のように残る戦場の穢れを、嘲り、呪い、迫害するだろうことを。

そして、それは確かに訪れた。

ウスラヒの予言のとおり。イトヨウの予想どおり。

多くの眷属が、意味なく処刑された。

女も子供も。謂れのない咎で。

ただ、グレンダというそれだけで。

だから、イトは従う者達に告げたのだ。

生きたいならば、グレンダを捨てろ。

大地に根付くも良し。大海に出るも良し。

そして、剣で生きるのも良いだろう。

ただ、グレンダを捨てろ。グレンダを忘れろ。

そして、自らはキリングシークの軍神に忠誠を誓った。

グレンダの頭領。忌まわしい一族を束ねる、平穏の時の中で最も忌み嫌われる存在の一つは、軍神に剣を捧げることで、自らグレンダを捨てたことを宣言したのだ。

「戦乱の象徴を滅ぼさしてやっただろう？」

あの時も、こうして三人を目の前にしていた。

グレンダを滅ぼさせてやる。

キリングシークに屈したと。

殺戮の象徴であるイトヨウの剣は、今この時から、軍神のためだけに振るおう。

だから、散ったグレンダを追うな。いずれ滅する一族と、捨て置け。

そう望んだ。

「そうでしたね」

イトヨウに対峙し、グレンダの庇護を約束した策士は頷いた。

「私としては、水鏡は少々惜しい気がしますが」

策士らしいもの言いだ。

「じゃあ、攫えよ。ウスラヒのところに連れて行きゃいい」

イトは言った。

それも、一つの選択肢だろう。

アオイの今後は、多分キリングシークが定めるのだ。

だが。

「貴方に殺されるのは御免ですよ」

タキはそう呟いて微笑んだ。

ちらりとシキを見れば、騎士は軽く肩を竦めてみせただけだ。

「俺の仕事はここに連れて来るまでだ。違ったか？　あとのことは知らねえよ」

タキは頷かなかった。シキは何も言わない。

そして、軍神は彩りの違う静かな双眸で、ただ、イトの隻眼を見ていた。


すぐに発(た)つというイトを、止める者がいるはずもない。

早々に部屋を出ると、三人の男は見送るつもりか付いてきた。

どうとも言わずに、イトは彼らに導かれるように一つの部屋の前を通りかかる。

最初に足を止めたのは、シキのはず。そう思いたい。

部屋にはサクラと、そしてアオイがいた。

ウスラヒの元で、身なりを整えたアオイも美しかった。

だが、手慣れた者の手により清められ、極端に華美ではないにしろ身分相応に着飾ったアオイは、紛れもなく貴族の令嬢であり、天使と呼ばれるに相応しい美しさを誇っている。

会いたがっていた姉の傍らで微笑むそれも、決して上辺だけのものではない。

ここで、ああして微笑むことができるではないか。

大丈夫だ。

すぐに忘れられる。

この数日の出来事は、すぐに華やかな日々に埋もれていくだろう。

「声もかけず、か？」
歩き出せば、訳知り顔で騎士が尋ねてくる。声をかける理由などないだろう。
アオイを中心とした今回のことに、どんな思惑が紛れ込んでいたとしても。
イトにしてみれば、それは一つの厄介事だった。
アオイにしてみれば一つの災難だった。
そして、それはもう終わったのだ。それで良いだろう。
もう二度と顔を合わせることもないはずだ。
「おい、イト」
シキに名を呼ばれ、その理由を知りながら、イトは足を止めなかった。
だが。
「イト」
呼ぶ声が変わる。
この数日ですっかり聞き慣れたそれを無視することはできそうにない。
イトは、諦めて立ち止まり、振り返った。
男達の背後に、アオイが立っている。
カイと双子の側近が、イトの脇をすり抜けていき、アオイがイトに歩み寄る。
振り返ったことを、すぐさま後悔した。

近くで見るアオイはなおさら美しい娘だった。

あの緑の瞳は変わらずまっすぐにイトを見つめている。

少しの翳りもない、そして、イトの側にいたいと願った時の熱を含んだまま。

「本当に忘れた方がいいの？」

アオイが尋ねる。

イトは、迷わずに答えた。

「忘れろ」

全部。

全部、忘れてしまえ。

「本当に忘れていいの？」

言葉が変わる。

イトは隻眼でアオイを見つめた。

「ああ。全部、忘れていい」

そして、穏やかな眠りを。光に満ちた日々を。

願わくは――――せめて、イトのことが悪夢にならねば良い。

「イト」

アオイは俯いた。

迷うように指先が揺れ、それはアオイ自身の胸元で握り締められる。イトはアオイに背を向けた。

あの指がイトの衣を握っていたら、どうなっていただろうか。

「置いてくのか」

少し先で立ち止まっていたシキが呟いた。

「……何が言いたいのか分からねえよ」

シキはイトではなく、その背後に視線を向けている。アオイを見ているのか。娘はどんな表情で、イトを見送っているのか。イトは振り返れなかった。振り返ったら、どうなるか分からない。

「報酬はお望みのまま、と申し上げませんでしたか？」

シキより少し先にいる片割れが言った。

「差し上げますよ。天使でも操り手でも……貴方のお望みのままに」

その言葉は、イトが隠しておきたかった二つを、彼らが既に知っていることを伝えていた。

イトは舌打ちをして、隻眼でシキを見やった。

「俺が言ったんじゃない。……お前らが分かりやすいんだ」

シキはため息をついて、そう告げた。

それは本当なのだろう。

語らぬと決めたことは、言葉にならずとも晒されるほどに。溢れて零れる。

それでも。

「いらねえよ。……俺には天使も操り手も必要ない」

そう言う以外にないだろう。

「ただの娘だ」

唐突に今まで無言だったカイがそう言う。

「だから、男が一人救われる」

タキの横に立つ背の高い男にイトは首を振った。

「……天使ですよ……だから、俺ごときが手に入れる訳にはいかない」

イトの側では、アオイはいずれ笑みを失う。

明るい場所を求めて、涙にくれる日が来る。

「サクラが泣くな」

中庭に向かう階段を降りながら、ふとカイが上を見る。寵妃とその妹の姿は既に見えはしないだろうに。

「……でしょうね。で、貴方は不機嫌になる訳だ」

シキが呟く。

イトは眉を寄せた。

「俺がどんな生き物か……よくご存じでしょう？」

銀の髪、浅黒い肌はグレンダの証。

傷に塞がれた片目は、グレンダを滅亡に導いた最後の頭領の標。イトにまとわりつくものは、常に闇を纏う。

「お前は優秀な狩人で、俺はお前を信頼している。それで十分だ」

カイの言葉はまっすぐに。

アオイの瞳と同じくらいに。

それにいくらも救われながら、それでも日が暮れかかった外に足を踏み出して、イトは知らずほっと息をついた。

結局、光の下では生きていけぬ身だと改めて知る。

「軍神にそう言って頂けて……光栄ですよ」

イトは言って、マントを羽織った。

「アオイ」

ハタハタとアオイの瞳から、雫が零れ落ちる。

「姉さま」
助けて。
イトがいない。
それだけだ。
たかだか、六日。
そんな短い時間を共に過ごしただけの男が、側にいない。
何故。
どうして、こんなに苦しい。
「……アオイ……」
サクラはアオイを抱きしめた。
妹はこんな泣き方をする娘ではなかった。
美しいが、どこか幻のような現実味のない——天使だった。
常に謎めいた笑みを浮かべ。
周りの喧騒など知らぬげに、そこに佇む。
そんな娘だった。
なのに、今、サクラに縋って泣く娘は、なんて確かな存在なのか。
変えたのは、あの隻眼の狩人？

アオイは、あの人を求めて泣いているの？

「どうしたいの？」

サクラの問いに、アオイははっとした。

どうしたいのか？

それは分かっている。側にいたい。

イトの側にいたい。

イトに触れて、触れられて。

当たり前のように笑っていたい。

「どうするの？」

姉のそれは、初めての問いだった。

どうすればいいのか。

辿り着いた問いに、イトのくれた答えは。

忘れろ。

全て、忘れろ。

それだけだった。

だけど。

「……アオイ。貴女は……どうするの？」

サクラの声にアオイは顔を上げた。
どうするの？　私は。
イトの側にいるの。イトに触れるの。
忘れられない。忘れない。
なかったことになんて、ならない。
だから。
「イト」
アオイはサクラの腕をすり抜けた。
イトは言った。
アオイの言葉を、アオイが後悔すると。
それでも、いい。
今、こんなにイトが欲しいのに。
来るかも分からない未来に怯えて、否定するなんて。
アオイはバルコニーに向かった。
男は既に旅立ったのか。
まだ、間に合うのか。

「イト！」

サクラは、天使が堕ちるのを見た。

アオイは、バルコニーの手すりを乗り越えると、向こう側へと飛び降りた。

「……っな⁉……」

イトは驚きながらも、腕を伸ばした。

そこに、アオイが落ちてくる。

「あんた、何してんだ⁉」

怒鳴る男の首に抱きつく。

「イトの側にいたいの」

いつか、この言葉を後悔したとしても。

「イトが欲しいの」

この言葉が重荷になったとしても。

「私は貴方が好き」

それでも、今、アオイは自ら選ぶ。

イトという隻眼の男を。

「お願い。私を置いていかないで」

自ら男の伏せられたままの瞼に口づけた。

「私……貴方といきたいの」

行きたい。

生きたい。

否、貴方と行くの。生きるの。

「もう、決めたの」

イトはアオイを見つめた。

そして、アオイを抱く腕に力を込めた。

「……報酬は望むまま、でしたね？」

イトはカイに問うた。

カイの頷きを確認してから、アオイが降ってきた上を見上げれば、軍神の寵妃が心配げに見下ろしている。

「お前の妹は無茶をする」

カイが言う。

サクラの視線は無頼の狩人の腕に収まる妹を捉え、そして、困ったような安堵したような笑みを浮かべる。

「そちらの方のせいだもの。お小言なら、そちらの方にお願いします」

言うなり、サクラは部屋に入ってしまった。

「置いていっても、連れていっても……どちらにせよ、泣くのか」

カイは呟きながらイトの横を通り過ぎる。

そのまま、屋敷へと戻っていった。

「姉さま」

アオイの小さな声がイトの耳に届いた。だが、イトに回した手は緩まない。

「では失礼いたします……アオイ様もお元気で」

タキが軽く一礼してカイに続く。

残ったシキはイトの肩をポンと叩いた。

「……助かった。グレンダの残党の相手はせずに済みそうだな」

イトは小さく笑いを零した。

「自分本位だな」

言えば、シキはにやりと笑った。

「俺はお前みたいに聖人君子じゃない」

言われたことのない言葉に、イトは眉を寄せる。

それはイトとはまったく対照的な言葉ではないか？

シキは笑みの中で、瞳だけに本気を浮かべた。

「グレンダの頭領は自己犠牲が過ぎる。欲しいものがあるなら、手に入れろ。俺達みたいなのはいつ明日が来なくなるか分からないんだ」

そうして、イトの腕の中のアオイに、貴公子然とした優雅な微笑みを浮かべて話しかける。

「アオイ殿に私からの貢物です。裏手に翼竜を一頭準備しておきました。どうぞお連れ下さい」

シキはアオイを天使と呼ばなかった。

それに気がつきながら、イトは己を見るアオイに、頷いてみせる。

アオイはシキに向かって「ありがとうございます」と微笑んで礼を述べた。

柔らかな、極上の笑み。

シキは一瞬驚いたように目を見張り、そして、少々決まり悪げにイトに視線を当てた。

「じゃあな……今度、会う時は魔獣が一緒だろうな」

そう言ってもう一度イトの肩を叩き、カイやタキが行った道を辿り始める。

「生きていれば……そうなるだろうな」

それだけ言って、イトもまた歩き出した。

腕の中に自ら堕ちてきた天使を抱いたまま。

それから

部屋に入ると、アオイは崩れるように胸元へと飛び込んできた。

「……っイト！」

それを受け止めて引き寄せながら、それでも、あと一滴の迷いが、イトの手を止める。

いつだって、決断してきた。

それが、どんな痛みを伴うことであっても——それが己の痛みでも、他人の痛みでも、イトは常に決断を下す側の人間であろうとしてきた。

迷うことなど、愚かとさえ思っていた。

決断しなければ、何も変わらない。

迷うだけでは、何も動いていかない。

この世界に足を踏み出した時から、決断を下し、覚悟を決めてきた。

だが、今、イトは迷いを捨てきれない。覚悟を決めきれない。

アオイを手に入れる。本当に？

本当に手に入れて良いのか。

思い出せ。

イトヨウとは、どんな男だ？

「イト……お願い、私を拒まないで」

迷う男を蔑むこともなく。

決められない男を詰るでもなく。

アオイはまっすぐにイトを見た。

「……私を……受け入れて……」

細い指が、イトに伸びる。

いつもは衣を握るために伸ばされる指先は、今は衣を紐解くために。そして、僅かに現れるイトの浅黒い肌に、触れてくる白い手の平は震えていた。

「アオイ」

健気な、それでいてどこかに淫らさを含むそれ。

拒みたい訳ではない。

受け入れて欲しいのはイトの方こそ。

イトはアオイの頬を両手で包むと、顔を上げさせた。

僅かに頬を染めながら、それでも、アオイはやはりその真摯な瞳でイトを射貫く。

「俺は、人を殺すことで生き延びてきた……滅ぼすことで生きながらえている」

やはり告げない訳にはいかない。

己が犯した最大の罪。

それを知っても、なお、この娘はイトを求めるだろうか。

「最初に殺したのは十にも満たない時……俺の祖父だという人間だった」

血の繋がりがあったというだけの者だ。

僅かな情もなかった。

しかし、イトが最初に命を絶ったのは、己がこの世にある根源の一つだった。

イトの告白に、アオイは僅かな驚きの表情を見せはした。だが、その視線を揺るがせはしない。

静かにイトの言葉の続きを待つ。

「神伽の司祭だった男だ……俺の母親は、神伽の巫女になる女だった」

母親は知らない。

一度として会ったこともない。

その女のことで知っているのは、既にこの世にはいないという、たった一つの事実だけだ。

「シンカ」

独特の発音は、言い慣れない者にとって声にするのが難しい。

多くの者と同じ微妙に違う響きを口にしながら、アオイの表情が記憶を辿るようなそれに変わる。

記憶の中に、その名を探しているのだろうか。アオイのように若い者にとって、それは記憶の奥深くに沈んでいるものなのか。

神伽というそれは、滅びた国の名。

最も古い歴史を持つ国の一つだった。

神に仕え、その宣託を人々に告げる者達が集う聖地として、かつては人々の崇拝を一身に受けて栄えた国は、しかし、争いが核をなす時代にあっては存在し続けることはできなかった。

もはや、人々が望むのは見えない神ではないから。

人々は、祈るだけでは救われないことに気がついてしまったのだ。人々がかしずくのは、戦を制する軍神であり、世界を統べる現人神にとってかわった。

イトが最初に殺したのは、人々に見捨てられ、滅びつつある国に在った、一人の神の僕(しもべ)だった。

「俺の父親はこの姿が語るとおりグレンダだ。神伽の女とどうやって巡り合ったかなんてのは知らない。だが、事実、俺は無垢(むく)でなければならない神伽の巫女となるべき女の腹から産まれて、その女は穢れた者として幽閉された。俺はその女の父親だという司祭に……」

イトは言葉に迷い。

「……育てられた」

結局、そう続けた。

あれを『育てた』と言うかは疑問だが。

誰もいない廃墟のような建物の地下。明かりの灯されていない部屋だけがイトの世界だった。

足を枷で繋がれて。僅かな食事でかろうじて、生きながらえさせられた。それだけだった。

そして、あの日は来た。

「ある日、奴はやってきた」

あの日、食事を与える時にしか現れないその男が手にしていたのは、食べ物ではなかった。

「何かを叫びながら、俺に短剣を振り上げた」

イトは、本能的にそれを避けた。

生きたいと願った訳ではない。

そんなことを思う心もなかった。

命があるだけの存在は、その命を護ることだけが全てだった。だから、足掻いた。

もつれ合い。揉み合った。

短剣がイトの顔めがけて振り落とされ、刃先が左の面を切り裂いた。痛みはどんなものだったか、記憶にない。

そもそも痛かったのか。

それさえも定かではない。

ただ、そこから零れ落ちた血が温かかったことだけは確かだ。

司祭は、白い衣装を紅に染めながら、再び短剣を振り上げた。何かを叫び続けながら。

多分、一度として人を切りつけたことなどないだろう神の使いは、闇雲に短剣を振り回した。

「俺は、短剣をそいつから奪って、胸を突いた」

男は信じられないように、イトを見つめた。

その後、ずっと付いて回ることになる視線だ。侮蔑と恐怖と。

今は慣れたそれに、その時のイトは意味の分からない脅威を感じて、胸から抜いた短剣で潰した。

胸を突かれ、両目を失い。

司祭はもがきながら、やがて動かなくなった。

「それが、最初に殺した男だ」

最初に殺したのは、肉親だった。神に仕える司祭だった。

「兵士じゃない。魔獣でもない。神の名の下に悪魔の子を祓いに来た司祭だった」

ずっと、司祭が叫んでいた言葉。

何を言っているのかを知ったのは、ずっと後のことだ。

あの頃、イトは言葉というものを知らなかった。

『神よ！　貴方のお望みのとおりこの子を滅します！』

多分、そう叫んでいた。

『悪魔の子を！』

そんなようなことも。

『どうか神伽をお見捨て下さいますな』

幾度も幾度も。

神の名と共に。

だが、神は司祭を救わなかった。

悪魔と呼ぶ、神の存在など知らない、血の繋がった子に返り討ちにあったのだ。

神などいない。そして悪魔も。

あそこに対峙していたのは、己の国が滅びようとするのを受け入れられない男と。

本能で己を護っただけの子供。

そして、あとは歴史が語る。
神伽は滅びた。要となる司祭の一人を失った国は僅か数年でこの世界から姿を消した。
イトは、己の自由と引き換えに、一人の肉親を殺し、一つの国を滅ぼしたのだ。
「それからはグレンダとして、殺すだけの日々だった」
小さな子供は血に塗れながらも、暗闇から光の下に這い出たのに。
結局、グレンダという陰の一族の一人として生きることを選んだ。
そして、一族を率いる身になり――瞬く間に今度はその一族を滅亡に導くことになる。
それが最善の決断だと今でも思っている。
グレンダは神伽と同様、この時代には不要なものだった。
神の国はない。
兵の一族はない。
いずれもイトが滅亡に導いた。
多くの犠牲を払い。
そして。
「これからも殺して生きていく」
グレンダを捨ててもなお。

イトはそうやって生きていくことしかできない。

「それでも、あんたは、俺の側にと望むのか？」

イトは尋ねた。

「俺といきたいと願うのか？」

アオイはイトを見つめている。

話している間、一瞬として逸らされなかった瞳は、変わらず——否、なお深い思いを込めて。

「たとえ司祭や他の多くの者が亡くなっても……幾つの国や一族が滅びても……貴方が生きていて良かったと、そう思っている私は……罪深いのかしら」

アオイは微笑んだ。

「……私、貴方といきるの」

そして、そう言った。

イトは突き上げる衝動を抑えて、なお言い募った。

「一つだけだ」

そう、一つでいい。

「一つだけ約束するんだ」

イトを欲しいと言う。

イトが好き、と。
イトといきたい、とも。
今は喜びで、その言葉を受け止めよう。
だが。
「俺がいらなくなったら言え」
アオイは、言った意味が分からないようだった。
迷わずイトを見つめ続けている瞳に疑問が浮かぶ。
「あんたが望めば……すぐに、消えてやる」
いらなくなれば消える。
そう約束させて欲しい。
でなければ、執着心に囚われて手放せなくなるかもしれない。
それこそが、イトの最も恐れることだから。
今更、罪の一つや二つ増えたところで、何も怖くない。
ただ、イトの側にいることでアオイが苦しむことだけは。
それだけは。
だから、約束しよう。
「約束したら……側にいてくれるの？」

アオイの手がイトの頬を包む。

指先は、もう震えていない。

「ああ……あんたが望むだけ」

イトは答えた。

アオイが望む限り。そう、約束する。

「約束するわ」

アオイも、またそう告げた。

「だから」

男の頬を包む自らの手に、力と勇気を込めて引き寄せる。

「だから、今は私を抱きしめて」

届く。

唇に、自身の唇を重ねる。

触れることしか知らない口づけを。

「アオイ」

イトは迷いを捨てた。

手に入れる。

誰よりも美しいこの娘を。

「……アオイ……」

アオイの拙い口づけの合間を埋めて、それを激情を煽るものへと。

深く。熱く。絡む。

「……っイト！」

アオイが崩れて座り込む。

イトは、自らの衣を脱ぎ捨て、アオイを抱き上げるとベッドにもつれ込んだ。

真っ白なシーツに包まれたベッドは、小さな軋み一つ立てずに二人を受け入れた。

結われた髪を解けば、金に程近い光を放つ柔らかな茶色がシーツに広がる。

ドレスを奪えば、シーツよりもなお滑らかな肌が光を放つ。

お互いに何一つ隠さない。

アオイは瞠目するほどに美しかった。

ウスラヒに唆された男は、この美しい娘を真の天使と崇めた。抱くことなど、僅かに思いもしなかったのだろう。

だが、イトは違う。

神などいない。

悪魔などいない。

そして、やはり天使もいないのだ。いつだって、決断するのは己。

ここに在るのは一人の女。

神ではない。悪魔ではない。天使でもない。

だから、殺すことしか知らない男が一人救われる。

「……っイト……」

伸びる腕。

絡み合う体。

そして、イトは天使と呼ばれた娘を自らの闇へと引き込んだ。


アオイは、イトの胸に身を預けながら、そこにある傷に唇を寄せた。

反応して、男の筋肉が動く。

それが面白かったのかアオイは軽やかな笑いを零して、いくらでもある傷の一つ一つに口づけを施していく。

首筋、胸、腹——好きにさせていたイトは、小さく息をのんで、アオイのその先の行動を止めた。

「それぐらいにしとけって……また、泣かされたいのか?」

イトと繋がって、アオイは涙を溢れさせた。

痛み故かと宥めるイトに、アオイは「嬉しい」と掠れた声で告げて、男のタガを外させた。

イトの暴走を示すように、無垢だった白い肌には情事の痕跡が色濃く残る。

抱いた体に跡を残したことはなかった。

己の標を残すことを望んだことなど一度としてないから。

イトは自らの証に苦笑いを零しながら、その一つにアオイがするように口づけた。

ビクリと震えるのに、だが、アオイは「……後で」と小さく呟く。

「後？」

新たな跡をひと際白く思える胸元に落とすと、アオイは息をのんで背を反らした。

素直な娘は、イトの頭を自らの胸元に導くように抱き寄せて。

それでも、イトの問いにコクリと頷いた。

「後で……な」

イトはもう一度目の前の肌に唇を滑らせてから、アオイを離してシーツに深く体を埋めた。

その隣に横たわりながら、アオイが尋ねてくる。

「……少し、話をしても良い？」

イトは頷いた。

「ここは、どこ？」

ラジル邸のように堅牢な館ではない。ウスラヒの屋敷のように豪奢でもない。

だが、それなりに身分のある者が住まうべき屋敷は、随分と前に、イトがとある人物からもらい受けたものだ。

「昔、俺を雇っていた男が、報酬だと寄越した」

何が良かったのか、ひどくイトを気に入ったようで、幾度となく配下に下れと請われもした。

決まった主君は持たない。決まった棲家がないように。

イトヨウは、そういう生き物だ。

告げると身分ある男は妙に納得したように頷きながら、どういう訳か森の奥深くにある、もの好きな貴族の別宅を一つ、イトに寄越した。

「住む場所なんかいらねえって言ったんだがな」

結局、受け取った。

誰も近寄らないような場所にある、こぢんまりとした造りの屋敷。

イトが訪れると、何も言わず、何も聞かず、ただ最低限の世話をしてくれる無口な下働きの男。

「案外……居心地は悪くない」

何度か、訪れた。

この屋敷をイトに明け渡した男とは、幾度かここで酒を酌み交わしもした。

あれは風変わりな男だった。

「その方は……今は？」

イトは苦笑いを零す。

「死んだ……俺が殺した」

触れ合うアオイの肌が、ピクリと反応する。

また、一つ。

イトはアオイに己の罪状を告げる。

「戦場で会って……俺はその時、その男の敵だった。だから、殺した」

男はイトの剣を受けながら。

恨み言ではなく。

何故か笑いながら。

この屋敷は遺産だから受け取れ。

そう言った。

「つまらない話だ……俺の昔話はこんな話ばかりだ」

イトが言えば、アオイは首を振って身を寄せた。

何も身につけていない肌が触れ合う。

「……貴方のことで、つまらない話なんて一つもないの」

言いながら触れる唇は目元の傷に。

こうして、また一つ救われる。

イトは剣を置いてしまえばのんびりとした、怠惰と言っても良いような男だった。

何をするでもない。何もしないことが苦痛ではないように。

大きな椅子に座って、ただ宙を眺めている。

床に転がり、窓から空を見つめている。

そんな風な男は、今はソファに寝転がり、瞼を閉じている。

アオイはそのイトの傍らに座って、時々エンを指先でからかい——そして、イトにキスをする。

イトは閉じていた瞼を開けた。

微笑み、もう一度口づけを落とせば、大きな手の平が頰に添えられる。

深くならないキスにもどかしさを覚えることに恥じらいを覚えながら、今は自ら誘うことはしない。

聞かねばならない。

アオイは、もうただ微笑むだけの天使ではないのだ。

この穏やかな日々は捨てがたいが、しかし、聞かねばならないことをアオイは分かっていた。

イトからは、多分切りださない。

アオイから言わなければ、一生聞かないことなのかもしれない。

だが、アオイは聞く決心を固めていた。

「イト」

アオイはイトを呼んだ。

正直な声には、いくらかの緊張がある。

「水鏡というのは何？」

アオイの頬を撫でていたイトの手が止まる。

「私は何をしたの？」

イトは身を起こした。

エンをアオイの膝の上に乗せる。

少しだけ、考えるように黙り。

「ウスラヒのところで鏡を見たな？」

やがて、決めた男はそう尋ねてきた。

アオイは頷いた。

水を湛えた鏡。

あれが水鏡であろうことは、なんとなくだが察していた。

「水の中の鏡に……イトが見えたわ」

ウスラヒに言われるまま。

見たいものを、と告げられて。

イトの姿を望んだ。

そして、それは水に映し出されたのだ。

「あれは、誰にでも見えるもんじゃない」

アオイは眉を寄せた。

誰にでも見えるものではない、というのはどういうことだろう。アオイには見えたのだ。

揺れる水の中に、鮮やかな存在が。

「水鏡を操る者は運命を見る者」

イトはアオイをじっと見ている。

だから、アオイもイトから目を逸らさない。イトの言葉を、何一つ聞き逃さないように。

表情から、一つしかない瞳から、低い声の紡ぎだす言葉の深いところにあるものまで、全てをきちんと読み取りたい。

「過去、現在、未来。それを、水鏡に映し出す者……水鏡が自ら映すんじゃない。操り手が水鏡に映し出す」

その意味をアオイは考えた。

操り手は運命を見る。

過去を知り。現在を見て。未来を視る。

それは、どういうことなのだろう。

たとえば、イトの過去。イトの現在。イトの未来。

どれもアオイにとっては重要なことだけど、その全てを知りたいとは望まない。だって。

「それは……怖いことね」

そう、怖い。

アオイのいないイトの過去。聞くだけでも、胸を締め付けるような過去。

見たくない。

抱きしめられない過去のイトは見たくない。

そして、もしかしたら、アオイのいないかもしれないイトの未来。

そんなの。絶対に嫌だから。

だから、視たくない。

そんなたった一人のそれらさえ、こんなにも胸が騒ぐのに。

水鏡は、いったいどれだけのものを映し出すというのか。

「怖い、か。そうだな」

イトは答えた。

「あんたは水鏡を操った。あんたは操り手の資格がある」

資格がある、という。

それは、選択権はアオイにあるということなのだろうか。

「貴方は……私に何を望むの？」

アオイは尋ねた。

イトは水鏡を継がせたいのか。それとも。

「俺じゃない。あんたがどうしたいかだ。あんたが、何を選んでも、俺は変わらない」

イトの答えは、いつかの答えに似ている。

笑っても、笑わなくても、変わらない。

そう言った男は、確かにそうだった。

だから、多分、これもそうなのだろう。

アオイが操り手としての道を選んでも、選ばなくても、イトは変わらない。

「それは必要なことなの？」

アオイは問いを変えた。

水鏡は必要なのか。

過去、現在、未来を知る者は必要なの？

「さあな」

イトは肩を竦めて、そう答えた。

「イト」

意地悪にも思えるそれに、少しの非難を込めて名を呼べば。

「過去も未来も知らなきゃ、知らないままで現在は動いていく。知っていたところでどうにもできないこともある。ただ……知っていることで最悪の事態を避けられることがある」

イトはそれを知っているのだろう。

身を以て。

「俺が司祭を殺した直後にウスラヒが現れた。ウスラヒは水鏡に俺を見たと言った。次代の頭領を水鏡に尋ねたら……俺が司祭に襲われるところを予見したと、そう言った」

初めて見る司祭以外の人間は、片目を潰されたやせ細った子供と、血まみれで倒れている神官を見つめて——何もかも分かっているという顔でイトを抱きしめた。

その言葉を知っていたなら、多分イトは思い浮かべただろう。

これは天使？

それとも悪魔？

そして、そうではないとやはり知ったのだろう。

「……ウスラヒは俺を暗闇から連れ出した。だが、司祭は死んだ」

両方を救う道はなかっただろうか。

そもそもイトなど産まれないようには、できなかったのか。

そんなこと、考えるだけ無駄なのだ。

水鏡は、運命を定めるものではない。

操り手により、大きく動くうねりの一部を映し出す小さな器に過ぎない。

「それだけだ」

アオイはイトの顔の傷に手を触れた。イトはたくさんの傷を持っている。

体にも、心にも。

そのイトが言う。

「それだけ……なのね」

そう。
それだけ。
アオイは水鏡を操ることができる。
ウスラヒがイトを救ったように。
何かできるかもしれない。
だが、司祭が死んだように。
どうしようもないこともある。
それだけ。
それだけなのだ。

キリングシークにて

いつだったか、イルドナスの大使が真っ青な顔をして跪いていた場所に、今は、その王が片膝をついている。背後に控える二人の騎士も同じように頭を垂れている。

その顔は誰も青ざめてはいない。

しかし、常に纏う尊大さは、さすがになりを潜めている。

「この度のこと、我が国の失態にて、誠に申し訳ございません」

王自ら口にする言葉。

どれほどの真意が込められているかは別にして、この若き王の自尊心を大いに傷つけていることは間違いないだろう。

だが、キリングシークが求めるのは、そんなものではない。

一王の心の傷など、些細なことに過ぎない。

キリングシークが求めるのは、無益な争いを引き起こさんとする者の排除。

それのみ。

「既にご報告いたしましたとおり、アオイ・オードル嬢は我々が保護いたしました」

ハクが告げた。

イルドナスの王は、深く頭を垂れる。

「幸いなことにとある寺院に保護されておりました」

老人の深い声が、まことしやかに語る経緯。

これが、偽りであることは、王も承知だろう。だが、それを指摘することなどない。

指摘することは、即ちアオイの居場所を知っていたことに繋がる。

「ただ、今回のことはよほどショックだったのでしょう……少々錯乱されており、いまだ詳細が語られることはございません」

続けるそれは蜜。

イルドナスへの、甘い餌だ。

アオイから事の真実が語られることはない。

故に、イルドナスが最も隠したいと願っていることは、葬ることができるであろう。

そんな餌を目の前に差し出した。

「我々としても、これ以上アオイ殿を苦しめるのは本意ではございません」

王は頷いた。

ハクは玉座に座る皇帝と、その横の軍神を見た。

いつかと同じように、悠然とそこにある二人の姿に気持ちを落ち着けると、教えられた名を口にする。

「ところで……ラファロ・ゴートン、という名をご存じでしょうか？」

先ほどちらつかせたのは餌。

ならば、これは。

剣だろうか。

毒薬だろうか。

若き王殿に、手中にあるそれを見せて。

威す。

「……存じませんが」

イルドナスの王は、顔色一つ変えずに答えた。本当に知らぬのかもしれない。

下っ端の衛兵の名など。

だが、控える騎士の一人が僅かに肩を揺らしたのを、そこにいる男達は見逃さない。

「さようでございますか……イルドナスの衛兵です。アオイ・オードル嬢を保護した際、側におりました」

イルドナスの王は少し肩を揺らし。

「その者が、アオイ殿を攫ったのでしょうか」

しらじらしいと思える問いを口にする。

だが、それはこちらも同様。

「さて、どうでしょうか……この男も、さほど多くは語りません」

ハクは答えながら、その男を思い出していた。

シキに請われて訪れた場末の宿は、過去に戻ったかのような幻影を抱かせる地獄だった。

転がる遺体と充満する血の匂い。その中に、件の男がいた。

恐怖に引き攣った顔と震える体で。

愛国心も忠誠心も粉々に砕け散った惨めな体で、全てを洗いざらい白状した。

天使のような娘を殺せ、と命じられた。

もしも、誰かが共にあれば、その者も消し去れ、と。だから、町のゴロツキを雇った。

男と女の二人連れ。

難しい任務ではないと、そう思っていたのに。

あれは何だ？

あの男。

あれは人か？

一瞬の迷いもなく、首を刎ねた。

逃げようとする者さえ、容赦なく。全て、一太刀。

なす術など、あろうはずもない。

あれは、悪魔か？

人を象った魔獣か？

一つ目の——あの男。

あんなものが——この世に、いるのか？　この世は、まだ戦乱の真っただ中なのか？

錯乱したように告げられるそれが、隻眼の狩人のことを言っているのだと気がついた。

イトヨウ。

その男がどんな人物かは、ハクも知っている。

かつては戦の象徴のような一族を束ねていた男だ。

恐ろしいほどに腕の立つ狩人。

だが、知らなかった。

暗闇の中、剣を振るいながら、生かすべき人物を見定める男なのだ。

荒くれのような顔をして。

恐ろしいほどに冷徹に。

「……既に語れる状況にもありません。自ら命を絶っております故」

本当は違う。

絶え絶えな息の中、語るべきを語り男は絶えた。

イトの与えた傷は――一時を生かすだけのものだった。僅かな言葉を語る時間を与えただけ。

　確かに、恐ろしい男だ。

　悪魔のように冷酷に。

　魔物のような残忍さで。

　平穏な時をあっけないほどに簡単に打ち崩す。

　その男が、軍神に忠誠を誓っていることに、ハクは心の底から安堵していた。

「イルドナスの王よ」

　静かな、物音一つしない空間。

　それに若々しくも、深淵(しんえん)な声が響き渡った。

　皆の視線が一斉に皇帝へと注がれる。

「貴殿としても真相は知りたいところではあろうが」

　皇帝は静かに立ち上がった。

　背丈は隣に立つ軍神とさほど違わない。

　キリングシークの双璧の頑強さに畏怖を覚えるかのように、イルドナスの王は身を慄かせ再び頭を垂れた。

「どうか、そっとしておいてやって欲しい」

柔らかな言葉。

荒れることのない声。

だが、それは全てを決定する。

「承知してございます」

イルドナスの王は答えた。

これは、若き王の望むとおりの展開だろうか。

「さて……イルドナス王殿」

皇帝は再び玉座にゆったりと座ると、跪く同盟国の王に声をかけた。

「せっかくおいで頂いたのだ。今日は、ゆっくりとしていかれるが良い」

心中、早く国に帰りたいと願っているだろう王は、それでも深く頭を下げて礼を言い立ち上がった。

二人の騎士を従えて、頭を下げる老臣の前を軽く会釈をしながら通り過ぎ、その横に控える端整な容姿の双子の前を通るその時。

「そういえば、いつだったか王のお側に控えていらっしゃった騎士殿は御達者ですか？」

一人が不意に問いかけた。

イルドナスの王は一瞬にして身を強張らせる。

騎士然とした身なりの男は、まるで剣の振るい方など知らぬとでも言うような、穏やかな笑みで続ける。

「確か……名は、レオン・バロス殿、でしたか」

その名は。

王の側近中の側近だった男の名。

高貴な家に生まれおち、王の信頼を得て。

何一つ欠けるところのないような男だった。

そして、信心深い男だった。戦の最中でも、祈りを欠かさぬような。死に致らしめた敵に弔いの言葉を呟くような。

そんな男だった。

「……彼は少々体調を崩しており、自宅で療養しております」

王は、己の声が震えているようにも聞こえた。

騎士は、ことさら心配げに眉を顰めてみせた。

「それはそれは残念です。何度か戦場でもまみえましたが、素晴らしい騎士ですね。今ならば、ゆっくりと酒でも酌み交わしたいと思ったのですが」

国間が友好であれば。

そう含んで言うキリングシークの騎士の横で、同じ顔のもう一人が柔らかな物腰で語る。

「確か、侯爵家のご子息でいらっしゃいましたね。将来はイルドナスの重臣になろうかというお方……さぞかしご心配でしょう」

この双子は。

キリングシークは。

全てを知っているのか。

先ほど名の出た衛兵は、イルドナスが差し出した生贄(いけにえ)なのだと。

アオイ・オードルを攫ったのは、衛兵などではなく、イルドナスの中枢にある貴族であり。高潔な騎士であるという真実を。

その信心深さ故に、道を誤った男の存在。天使に魅入られ、全てを失った男。

知っていて。

片手に餌をぶら下げて、片手に剣を掲げるのか。

「……失礼します」

双子の言葉に、王はもはや平常心を保つことは難しいと感じていた。逃げるように謁見室を出ながら、王は敗北を認めた。

この世の頂点はまだキリングシークに定まった訳ではない。この強大な帝国に取って代わることは、夢想ではない。

だが、イルドナスとて、完全に復興を成し遂げた訳ではないのだ。信頼する重臣の裏切り。国の威信につく傷は小さくとも。

小さな綻びが国を滅ぼしかねない。

他国に、たとえどんなに小さくとも、イルドナスの傷痕を晒す訳にはいかないのだ。

今は、敗北を認めて、キリングシークに跪くべきだろう。


「御苦労だったたな」

予定どおりの牽制をイルドナスに与えた重臣達に、皇帝が労いの言葉をかけた。

「これで少しの間は大人しくして下さるでしょうな」

ハクの言葉にガイは微笑む。

「そうだと良いがな」

そうして、傍らに立つ弟を見上げたが、カイは軽く頷いただけだった。

相変わらず言葉の少ないことを気にするでもなく、ガイは続けた。

「で、天使殿は今どこにいる？」

尋ねると、カイは「さあな」と答えた。

それに驚いて言葉を発したのは、ハクだった。

「カイ様!?　さ、さあな……とは」

　もっともな反応のはずだった。

　だが、この部屋でうろたえているのはハクだけだ。ハクは、近くにいたシキに詰め寄った。

「どういうことだ⁉　保護しておるのではないのか⁉」

　シキは「……翔んでいってしまったというか……堕ちていったというか……」と、訳の分からない答えを寄越した。

　らちが明かないと、タキを見れば。

「どこにいるのかは存じませんが、お元気のはずですよ」

　きっぱりと、だが、何の答えにもならない答えが返ってきた。

　この双子が、のらりくらりとすり抜けていくのが得意なことは分かっていたことだ。

「ガイ様！」

　ハクは、少しの焦燥も感じられない皇帝に縋った。

「私はその天使殿に何をしてやれる？」

　ガイは傍らの弟に尋ねた。

　翔んでいったという天使。堕ちたという天使。

　その天使に、少なくとも今、現世で最も力を持つであろう皇帝は、何をしてやれるだろうか。

「何も」

カイは短く答えた。

「何も？」

どんな力を持った者でも。

あの天使には、何もしてやれることはない。天使が望むのはたった一つだから。

「何もしないことが唯一できることだ」

悪魔と呼ばれる男の傍らにあること。

一人の男の側に。

一人の女として寄り添うこと。

天使と呼ばれた女が望むのはそれだけだ。

皇帝が何をしてやれるというのか。

「分かった」

頷く皇帝は、老臣にも納得するように視線を投げた。

老臣は、少しの間何か言いたげにしてはいたが、やがて諦めて頷いた。

そして

ウスラヒの屋敷が見えてくる。

遠くからは木々に隠れるように見えないのに、近づけばそれは屋敷の主を護る頑強さと、主に似た華やかさを備えてそびえたつかのようだ。

何度と訪れながら一度としてそこを棲家だと思ったことはなかった。だが、今、その屋敷はイトにとって何よりも安らげる光景となって視界に映る。

あと少しだ。あと少しで。

イトの足が想いに急かされて速まるその音が聞こえた訳でもあるまいに。

「イト！」

娘は門から飛び出してきた。

真夏を過ぎた季節に相応しい薄手の、だが肌を晒さないドレスをフワフワと揺らしながら、待ちきれないとばかりに駆け寄ってくる。

「イト、おかえりなさい！」

それは、この娘だけに、許された言葉だ。

そして、胸に飛び込んでくるのを軽々と受け止める。どうやらアオイは、まだ己を必要としているらしい。

そのことに安堵するのを戒めながら、柔らかな体を抱き上げることは止められなかった。

「おかえりなさい」

もう一度その言葉を、今度は囁くように。

そして、首にしがみつく体は、柔らかく温かい。

すぐにでも貪りたい衝動。

生きているのだと。

一緒に生きていると、確かめたい。

そんな想いを抑えながら、アオイを抱いたまま屋敷へと足を進める。

「元気だったか？」

今度の狩りは、少々長引いた。

以前から感じていた魔獣への違和感は日に日に強まるばかりだ。

ウスラヒが必死になってアオイを手に入れようとした理由を、イトは現実に見始めている。

「そんな風に聞くほど離れていたことを反省して」

アオイはさらにぎゅっとイトに抱きついた。

寂しかったのだと、その力が語る。

「これが俺の生業だ」

分かっているというように頷く娘の頬に、軽く口づけを落とした。滑らかな感触が、生きている実感の欠片を与えてくれた。

屋敷の扉口に、ウスラヒが立っていた。

イトを暗闇から救った時から何一つ変わっていないように見える姿が、今までとは少し違う瞳と笑みで馴染みの来訪者を受け入れる。

「よく、来たね」

言葉は今までどおり。

イトがここに帰ってきた訳ではないことを知っている女は、その言葉を口にしない。そして、以前ならば与えられた目元への口づけも、今はない。

イトはアオイを降ろした。

「また、世話になる」

ウスラヒは頷いた。

「そうしておくれ。あんたがいた方がアオイがきちんと水鏡を視る」

呆れたように言いながら、イトの傍らのアオイを見やる目にはからかうようなものが浮かぶ。

「そうなのか？」

イトもアオイを見下ろした。

アオイは、小さな子供が拗ねるようにツンと唇を尖（とが）らせた。

そこに口づけたい想いに駆られるが、今はだめだと言い聞かせる。

「あんたが側にいないと、どうしてもあんたを探しに行ってしまうんだ。困ったもんだよ」

言葉ではそう言うものの、ウスラヒは微笑んでいる。

アオイを、そしてイトを、優しく見守る笑みだ。

「だって」

何を反論してくるのかと、二人のグレンダの生き残りが見守る中。

「見えてしまうんだもの」

子供の言い訳が、拗ねてはいても形の良い唇から出てきた。

ぷっと噴き出したのはウスラヒ。

イトは肩を竦めた。

「まあ、いいさ。なんであれ、水鏡が見えていることには違いない……アオイは優秀だよ」

ウスラヒの言葉に、イトは何も言わず、そして頷きもしなかった。

結局、アオイは選んだ。

イトの話を聞き、自ら水鏡の操り手となることを選択した。

アオイがどれだけ水鏡を操るということの怖さや重さを理解しているのか――イトには、正直よく分からない。

だが、イトはアオイの決めたことに、何も言うつもりはなかった。

だから、アオイの決めるまま、水鏡の元へ――ウスラヒの元へとその身柄を預けた。

イトに連れられて現れたアオイを見た時の、ウスラヒの驚きの表情は意外なほどだった。

水鏡の操り手にも予想だにしない状況だったのだろうか。

天使と呼ばれる娘が、無頼の男と共にあることを望んだ。水鏡の操り手となることを決めた。

それは、ウスラヒの見ていない未来だったのだ。

水鏡の操り手は、やはりそれだけのものだ。全てを知り得る者ではない。

「俺は、水鏡は滅ぶべきだと思っている」

あの時、アオイをウスラヒに渡しながら、イトは告げた。

グレンダを解放した時の思いは何も変わっていないのだ、と。

「だが、水鏡が足掻くなら、アオイが、それを受け入れるなら、それも良いだろう」

ただ、これは公にはするな。

やがては何処(いずこ)には知れようが、あえて明らかにするな。それを頼りに、集おうとする輩を受け入れるな。

世界で動きつつある異変を垣間見るだけの水鏡であれ。

この世を動かすのは人であり。魔であり。そこかしこに溢れる全てのものだ。

水鏡は、その断片を映し出す——小さな鏡なのだから。

「イト」

黙っているイトの衣を、ツンと指先で引っ張る。

隻眼が自身に向けられたのを確認してから、アオイは心中にある言葉を告げた。

「本当は……水鏡の中のイトを見るのはいや」

でも。

「……知らないところで、いなくなってしまうのはもっといや」

そう、アオイは知らず知らずのうちにも覚悟している。

イトが死ぬのは——アオイの傍らではないのだろう、と。

この男は魔獣を狩るのが生業なのだ。

常に剣を携えて、あの地獄絵図の一部として生きている。

「私、貴方を私の元に戻すために水鏡を見ている」

アオイはそれだけを望んでいるのだ。

そのためだけに、水鏡に姿を求める。

「そして貴方の最期を見届けるために水鏡を見ている」

どうにもならないことがある。

イトがそう言った。

ならば、せめて、そう言う男の最期を見届けるために。

「他なんて……知らない」

ウスラヒは、頷いた。

「それで構わないよ……その男は、動く世界の一部だ」

イトはアオイを抱き寄せた。

この娘は、イトが思っているよりも、ずっと——そう、人らしい。

身勝手にも思える一途(いちず)さが、それ故に美しい。

溢れ出る愛しさと、迸る欲望に耐えきれず、イトはアオイを抱き上げた。

「ウスラヒ、しばらく、ここには戻さねえから」

そう言って出て行く男をウスラヒは黙って見送り、そして、足元にある水鏡を見下ろした。

かつて、ここに映った次代の頭領は、闇の中に浮かび上がる血に塗れた子供だった。

それを拾い上げた。救ったと、その時は思ったのだ。

だが、違った。

手元に置いた。

抱きしめもした。

母のように。時に恋人のような思いさえ秘めて。

子供は一人の大人になり、一族を率いる地位にまで伸し上がった。

だが、何も救いにはならなかった。

悪魔とも、神とも呼ばれた女は、一人の子供を——男を救うことはできなかった。

「アオイ・オードル」

ウスラヒの呟きに、水鏡は音を立てて、水面を跳ねた。

あの娘は、見事に水鏡を操る。

一人の男を見るためだけに。

その死を見届けるために、現在を。そして、救うために、未来を。

その男を己の元に戻すためならば、いくらでも水鏡を操るのだ。

僅かな戸惑いもなく。指先を水に滑らせる。

他は知らないと、いらないと——迷いなく。
その残酷な一途さが。
傲慢とさえ言える無垢さが。
やはりウスラヒに一つの言葉を思い浮かべさせる。
幾度となく男に否定されようと。
アオイは、ウスラヒにその存在を思わせる。
それは——天使。

そして、水鏡は映し出す。

愛する男の名を呼べば、映るのは過去か現在か、それとも未来か。

「イト」

「……姉さま？」

揺らめく水面に、イトと並び映るのは――アオイの敬愛するサクラ。

何故、二人が一緒にいるの？

何が起きるというの？

アオイは指を滑らせる。

様々な過去を、それぞれの行く末を。

求めて雫を指先から落とせば、波紋の中に漆黒の軍神が浮かび上がる。

彩の異なる瞳は、瞼の奥に。

静かに横たわるその傍らに姉の姿はない。

波乱を予兆するかのように水鏡が水を跳ね上げて、アオイの髪を濡らした。

アオイは水鏡を見下ろす。

アオイの髪から落ちた雫が水鏡に幾つかの弧を描いて。

それを辿るようにアオイは再び水鏡に触れた。

そこに、新たな今を紡ぐために。

あとがき

この度は、『軍神の花嫁2』をお手に取っていただき、ありがとうございます。

本作は、私、水芙蓉（すいふよう）が初めてネット小説に上げた『軍神の花嫁』の続編となります。1では主人公であるカイとサクラの出会いから、想（おも）いが重なり合うところまでを書いた訳ですが、趣味の産物であるのを良（い）いことにいわゆるフラグと呼ばれるものを立てながら、それを回収することなく時は過ぎ……気が付けば、完結から十五年が経過してしまいました。

十五年というとひと昔前以上、軍神の花嫁をネットで読んで下さった高校生も社会人になって何年目、という長い年月です。その間、もちろん私自身も私の周りも変化しました。思い返せば、忙しさに小説を書くこともままならないような時もありました。

そして、ふと気が付いたのです。もしや、人生で一番忙しかった時期は過ぎたのでは、と。

そんな時、この書籍化のお話が舞い込んできました。実は、ネットに小説を上げていることを誰にも告げず、細々と一人で書き続けていた私は、これは天啓！　と思ったのです。これを機に家族に趣味で小説を書いていることを話し、今回、書籍化の話があり、ぜひやってみたいことを相談しました。

家族はもちろん驚いていましたが、すぐに応援してくれました。

さあ、と私は書籍化を前にカイとサクラの物語を読み直しました。若い二人が一生懸命に生きていく様を、結ばれる二人の結末を。

読み終えた私の中に、結ばれた後の二人の物語がありました。これを書いていた時に思い描いていたこの先と、今の水芙蓉の中に生まれた新しい行く末と。

二巻のお話がいただけたとき、それが形になり、皆さんの元に届けられるのだろういう歓(よろこ)びでいっぱいになりました。今、書き上げることができ、こうしてあとがきを書いていることに感無量です。

また、二巻には私の一推しであるイトがメインとなっている『天使の堕(お)ちる夜』も同時収録いただけました。この二人の未来もまた、新たに綴(つづ)られていきます。

どうか皆様の元に届けることができますように。

最後になりましたが、この本を手に取って下さった皆様、本作を見出し書籍化に導いて下さった関係者の皆様に、心より感謝申し上げます。

水芙蓉

<初出>

「寵妃の紡ぐ白銀の夢」は書き下ろしです。「天使の堕ちる夜」は「小説家になろう」に掲載された「天使の堕ちる夜」を加筆・修正したものです。

※「小説家になろう」は株式会社ヒナプロジェクトの登録商標です。

この物語はフィクションです。実在の人物・団体等とは一切関係ありません。

◇◇メディアワークス文庫

軍神の花嫁2

水芙蓉

2024年2月25日　初版発行

発行者　山下直久
発行　株式会社KADOKAWA
〒102-8177　東京都千代田区富士見2-13-3
0570-002-301（ナビダイヤル）
装丁者　渡辺宏一（有限会社ニイナナニイゴオ）
印刷　株式会社暁印刷
製本　株式会社暁印刷

●お問い合わせ
https://www.kadokawa.co.jp/（「お問い合わせ」へお進みください）
※内容によっては、お答えできない場合があります。
※サポートは日本国内のみとさせていただきます。
※Japanese text only

※定価はカバーに表示してあります。

Printed in Japan
ISBN978-4-04-915296-8 C0193

メディアワークス文庫　https://mwbunko.com/

本書に対するご意見、ご感想をお寄せください。

あて先
〒102-8177　東京都千代田区富士見2-13-3
メディアワークス文庫編集部
「水芙蓉先生」係

◇◇◇